珍藏江南

江南赋

胡晓明——主编
陈引驰——编著

上海科学技术文献出版社
Shanghai Scientific and Technological Literature Press

图书在版编目（CIP）数据

江南赋 / 陈引驰编著 . 一上海：上海科学技术文献出版社，2019
（江南文化丛书）
ISBN 978-7-5439-7951-2

Ⅰ . ① 江…　Ⅱ . ①陈…　Ⅲ . ①赋一作品集一中国
Ⅳ . ① I222.4

中国版本图书馆 CIP 数据核字 (2019) 第 159454 号

组稿编辑：张　树
责任编辑：王　珺　詹顺婉
封面设计：樱　桃

江　南　赋
JIANGNAN FU
胡晓明　主编　陈引驰　编著
出版发行：上海科学技术文献出版社
地　　址：上海市长乐路 746 号
邮政编码：200040
经　　销：全国新华书店
印　　刷：常熟市人民印刷有限公司
开　　本：650×900　1/16
印　　张：10
插　　页：8
字　　数：124 000
版　　次：2019 年 8 月第 1 版　2019 年 8 月第 1 次印刷
书　　号：ISBN 978-7-5439-7951-2
定　　价：48.00 元
http://www.sstlp.com

总　序

胡晓明

八十岁的老母亲在电话里问我最近在忙什么。我说在编“珍藏江南”。“江南，听着就好舒服。”母亲说。是呀，一提到“江南”这个词，立即会有一种温婉灵秀的感觉，有一种齿颊生香的美妙。“你都快要变成江南人了。”母亲说。“春水碧于天，画船听雨眠。垆边人似月，皓腕凝霜雪。未老莫还乡，还乡须断肠。”我也像韦庄那样，过久留恋于江南，而久久回不到母亲的身旁。外乡人被“江南”俘虏的，有船子和尚，蜀人，在外漂泊四十载，后来在松江的朱泾住下就不走了。在那里写了透明的禅诗“满船空载月明归”。有苏东坡，也是蜀人，自认前身是江南人，“一岁率常四五梦至西湖上，此殆世俗所谓前缘者”，常常在西湖边，进一陌生的寺院，就知道转进去背后的石头上，刻的是什么诗句。在姑苏当太守的白居易、刘禹锡，都是北方人，却写了那么多美妙的作品，讴歌苏州，抒发对江南不舍的深情。金主完颜亮的投鞭南下，乾隆皇帝下江南的执着纠缠，以及曹雪芹《红楼梦》中贾宝玉一见江南来的林妹妹，就说这个妹妹我曾见过，这都是被江南深深俘获的人。江南是机括、是磁铁、是一个不能唤醒的梦、是一坛永远饮不尽的美酒，擒住了东西南北的人，成为中国人心头回荡的歌。

那么，江南究竟“珍藏”了什么？“江南”，究竟有什么值得我们好好珍藏呢？

中国的历史，以东汉为界，分成两大阶段。东汉以前，主要的战争是东西之间的战争，以函谷关太行山为界，从先秦的猃狁、西汉的匈奴、东汉的西羌，一直到黄巾、董卓等，东西之间，打了差不多上千年。正如傅斯年说的:(中国的)形势只有东西之分,并无南北之限。可是,东汉以后的中国,常常讲南北之分。从崇尚武力讨伐、你死我活的“东西对峙”,转为崇尚文明建设和平发展的“南北之异”,不仅是中国历史的大转变,而且是极富历史教训的大启示!此中机缘,自有解人。首先要珍藏的,就是这个大转变、大启示。

江南,依水而起,傍水而兴,四周有大运河、钱塘江、东海、长江,中有太湖,具有江河湖塘、山林水乡的独特生态,这里土地肥沃、气候宜居、漕运发达、物流畅通、物产丰富;同时,又因它是除了中原地区之外,历代建都最多的地域,成为历史上第二个政治中心。天然的自然环境优势与多年积累的政治地缘优势,使这里集中了大量的人才与资源,不仅是无可争议的华夏文明积累极为丰厚的地区,而且在这个过程中,还产生了“上有天堂、下有苏杭”这样远播海内外的江南文化认同。

其实有许多江南的风物,并非江南独有,甚至是外来的,但最终却成为江南的标志。如杏花,“杏花春雨江南”“牧童遥指杏花村”“杏花消息雨声中”“沾衣欲湿杏花雨”“深巷明朝卖杏花”“杏花疏影里,吹笛到天明”等;还有荷花、梅花、菊花、竹、兰等,也渐渐成为江南的文化标识。这里有一个很重要的原因,即江南自古以来有一种美学机制,“让美好事物加倍美好”,这当中,文学艺术起到了重要的作用。从《楚辞》中的“魂兮归来兮哀江南”、汉乐府中的“江南可采莲”,以及六朝骈文与诗歌中的江南风景、人物,唐诗宋词里的风景、人物、意象、题材、美典,一直到明清小品笔记与话本中有关江南的传统与故事,“江南”通过绘画、诗歌、美文、名言、意象群、故事传奇、美食、美器、美人,叠加、放大、传播,化艺术为生活,化生活为美学,化实为虚,将学问融于美,达到一种美美与共的效果。“暮春三月,江南草长,杂花生树,群莺乱飞”,以及“三秋桂子、十里荷花”的辞章,是永远的抒情美典。“江南”传承有自,积累深厚,成为一个重要的中华文化形象符号。我们今天宣传“江南”，不仅是珍藏这样一份厚重的文艺积淀，更是珍视其中的传统美学智慧与文明传播经验。

“江南”不仅是古老的，还是年轻的。“江南”促成了现代文明与传统文化相结合的可能性，譬如江南既有水乡的柔美，又有海洋的刚强，譬如它的深厚、温馨、灵秀，转化而为爱国进步、开拓向上、敬重文脉，崇尚自由精神等，“江南”是一种对美的理想。说不完的“江南”背后，有着取之不尽的中华智慧与文明基因。珍藏“江南”，不仅是珍藏历史，还是珍藏我们的文化根基。

我给母亲讲了一个江南的小故事。有一年我在杭州，一个出租车司机告诉我雷峰塔为什么会倒掉。

原来，民间盛传雷峰塔的砖，有神力，可以镇妖辟邪。于是杭州人都去拿雷峰塔的砖，拿的人多了，雷峰塔就倒塌了。

妈妈说，这跟鲁迅讲的不一样，这是民间的讲法，雷峰塔进到家里了。

古典的江南并没有消失，而是化为一草一木、一砖一石，珍藏在家家户户，保护生灵，抚慰了我们的乡愁。

于是，我把这个吉祥而美丽的故事，作为本篇小序的结束。

目录

七发　枚　乘　/　1
登楼赋　王　粲　/　5
五湖赋并序　杨　泉　/　9
吴都赋　左　思　/　11
游天台山赋　孙　绰　/　20
扬都赋　庾　阐　/　26
观涛赋　顾恺之　/　29
归途赋并序　谢灵运　/　31
灵丘竹赋　江　淹　/　33
思归赋并序　谢　朓　/　36
吴城赋　吴　均　/　38
晚春赋　萧　纲　/　41
采莲赋　萧　绎　/　42
春赋　庾　信　/　43
哀江南赋并序　庾　信　/　45
馆娃宫赋　黄　滔　/　54
江南春赋　王　棨　/　58
姑苏台赋　赵　湘　/　63
松江秋泛赋　叶清臣　/　66

望海亭赋　范成大　/　71
游朱方赋　朱德润　/　75
吴山赋　汪克宽　/　77
何山赋　宇文公谅　/　81
琼花赋　陈养元　/　84
浙江赋　沈　干　/　88
吴越吊古赋　吴　宽　/　91
天目山赋　卢　柟　/　95
钓台赋　宗　臣　/　101
登钓台赋　王世贞　/　105
秦淮灯船赋　钟　惺　/　108
虎丘看月赋　黄尊素　/　111
浙江观潮赋　黄尊素　/　115
大哀赋　夏完淳　/　119
金山赋　盛　恩　/　142
望江南花赋　张惠言　/　146

七 发

枚 乘

客曰："将以八月之望[①]，与诸侯远方交游兄弟，并往观涛乎广陵之曲江[②]。至则未见涛之形也，徒观水力之所到，则恤然[③]足以骇矣。观其所驾轶者，所擢拔者，所扬汩者，所温汾者，所涤汔者，虽有心略辞给，固未能缕形其所由然也。怳兮忽兮，聊兮栗兮，混汩汩兮，忽兮慌兮，俶兮傥兮，浩瀇瀁兮，慌旷旷兮。秉意乎南山，通望乎东海。虹洞兮苍天，极虑乎崖涘[④]。流揽无穷，归神日母[⑤]。汩乘流而下降兮，或不知其所止。或纷纭其流折兮，忽缪往而不来。临朱汜[⑥]而远逝兮，中虚烦而益怠。莫离散而发曙兮，内存心而自持。于是澡概胸中，洒练五藏，澹澉手足，颒濯发齿[⑦]。揄弃恬怠，输写淟浊，分决狐疑，发皇耳目[⑧]。当是之时，虽有淹病滞疾，犹将伸伛起躄，发瞽披聋而观望之也[⑨]。况直眇小烦懑，酲酡病酒之徒哉[⑩]！故曰：发蒙解惑，不足以言也。"太子曰："善！然则涛何气哉？"

客曰："不记也。然闻于师曰，似神而非者三：疾雷闻百里；江水逆流，海水上潮；山出内云，日夜不止[⑪]。衍溢漂疾，波涌而涛起。其始起也，洪淋淋焉，若白鹭之下翔。其少进也，浩浩溰溰，如素车白马帷盖之张。其波涌而云乱，扰扰焉如三军之腾装。其旁作而奔起也，飘飘焉如轻车之勒兵。六驾蛟龙，附从太白[⑫]。纯驰浩蜺[⑬]，前后骆驿。颙颙卬卬，椐椐强强，莘莘将将[⑭]。壁垒重坚，沓杂似军行。訇隐匈磕[⑮]，轧盘涌裔，原不可当。观其两傍，则滂渤怫郁，暗漠感突，上击下律[⑯]。有似勇壮之卒，突怒而无畏。蹈壁冲津，穷曲随隈，逾岸出追。遇者死，当者坏。初发乎或围之津涯，荄轸谷分[⑰]。回翔青篾，衔枚檀桓[⑱]。弭节伍子之山，通厉胥母之场[⑲]。凌赤岸，篲扶桑，横奔似雷行。诚奋厥武，如振如怒。沌沌浑浑，状如奔马。混混庉庉,声如雷鼓。发怒庢沓[20],清升逾跇。侯波[21]奋振,合战于藉藉之口。鸟不及飞,鱼不及回,兽不及走。纷纷翼翼,波涌云乱。荡取南山,背击北岸。覆亏丘陵,平夷西畔。险险戏戏,崩坏陂池,决胜乃罢。瀄汩潺湲[22],披扬流洒。横暴之极,鱼鳖失势,颠倒偃侧,沋沋湲湲,蒲伏连延。神物怪疑,不可胜言。直使人踣[23]焉,洄暗凄怆焉。此天下怪异诡观也,太子能强起观之乎?"太子曰:"仆病,未能也。"

客曰:"将为太子奏方术之士有资略者,若庄周、魏牟、杨朱、墨翟、便蜎、詹何之伦[24]。使之论天下之释微,理万物之是非。孔、老览观,孟子持筹而筭之[25],万不失一。此亦天下要言妙道也,太子岂欲闻之乎?"于是太子据几而起曰:"涣乎若一听圣人辩士之言。"涊然[26]汗出,霍然病已。

* 此为节选。据《文选》第三十四卷,南朝梁萧统编、唐李善注,上海:上海古籍出版社,1986年。

① 望:农历每月十五日。

② 广陵:扬州旧名。曲江:长江在扬州以南的一段。

③ 怳然:惊恐。

④ 秉:执。南山,指江涛兴起之处。虹洞,"虹"通"澒",水天相连。

⑤ 日母:太阳。此句指心神随江涛归向东方日出之处。

⑥ 朱汜:南方的水涯。

⑦ 澡概:"概"通"溉",洗涤。下文"洒练""澹澉""颒濯"均为此意。

⑧ 揄弃:抛弃。输写:"写"通"泄",发泄。分:判断。决:决定。发:开通。皇:明。

⑨ 伛:佝偻。躄:跛。瞽:目盲。

⑩ 直:只是、仅仅。酲(chéng)醲(nóng):醉酒。

⑪ 内,通"纳"。此句指山中的云日夜吞吐。

⑫ 太白:河伯,见许慎《淮南子注》。

⑬ 纯:通"屯",聚集。蜺,长虹。

⑭ 颙(yóng)颙卬(āng)卬:气势盛大。椐(jū)椐强强:相继。莘莘将将:波涛激荡。

⑮ 訇(hōng)隐匈礚:拟声词,形容波涛激荡轰鸣之声音。

⑯ 怫郁:本意指的内心郁结不平,此处形容水受局限而更加澎湃。感突:冲起。

⑰ 荄:通"陔",山陇。轸:通"畛",田界。

⑱ 青篾:竹皮,代指车。衔枚:本指军队疾行时口中衔枚,比喻寂静无声。檀桓:盘旋。

⑲ 伍子之山:伍子胥虽帮助吴王夫差击败越国,然因伯嚭进谗,被夫差赐死,并被抛尸于钱塘江中。吴人哀怜,为他在江上立祠,名为胥山。骨母:疑为字误,应为"胥母",山名,在今江苏省吴中区。

⑳ 厔(zhì):阻碍。沓:水沸腾而溢出。

㉑ 侯波:传说中波涛之神名为阳侯。

㉒ 澌(zhì)汩(yù):波浪相互拍击的声音。潺湲:水流缓慢。

㉓ 踣(bó):向前跌到。

㉔ 庄周:即庄子,战国思想家。魏牟:战国时魏国公子、思想家,有"身在江湖之上,心居魏阙之下"。杨朱:战国时思想家,主张"为我"之说。墨翟:即墨子,战国思想家,主张"兼爱""非攻"。便蜎(yuān):战国思想家,传老子之学。詹何:"古得道者",与魏牟同时。

㉕ 筹:算筹,一种形如竹筷的计算工具。筭(suàn):计算。

㉖ 涊(niǎn)然:忽然出汗。

作者简介

枚乘(? —约前 140),字叔,淮阴(今江苏淮安)人。西汉辞赋家。初为吴王刘濞郎中,后因刘濞欲谋反,为梁孝王门客。汉景帝召拜为弘农都尉,以病去官。汉武帝即位后,征其入宫为官。路途颠簸,枚乘年老,死于途中。赋作现仅存三篇:《七发》《梁王菟园赋》《忘忧馆柳赋》。

题　解

《七发》是西汉辞赋家枚乘的代表作品。汉文帝时,吴王濞因吴太子与皇太子饮博争道时被皇太子引博局砸死，心生怨恨。之后，枚乘即作《七发》暗讽吴王濞应善于养身奉己以求安康。

《七发》假托楚太子因安居深宫、纵欲享乐而导致卧病不起，“吴客”前去探望，认为太子之病是“久耽安乐，日夜无极”“纵耳目之欲，恣支体之安”造成的，因此以夸张的语言说七事以启发之，“七发”之名由此而来。这七事分别是音乐、饮食、驾车、游乐、田猎、观涛、与思想家谈论。前四事是“宫居而闺处”的范畴，因此无益于太子的生活，为枚乘所否定。后二事为宫墙外的贵族生活，最后与思想家的对谈虽然篇幅短小，却是治疗太子之良方。这种排序体现了枚乘的思想倾向性和赋体的讽喻功能。

此处节选《七发》描写观潮的一段，包括形貌、动态、气势、声威等方面。仅由此段即可看出枚乘所作的《七发》具有飞驰的想象力，在对大自然的描写中投射了作者的主观情感，辞藻华丽，气势宏大。《七发》的出现，标志着汉赋体制的形成，在汉赋发展史上具有重要意义。《七发》这种七段成篇的体式也成为一种专门的“七体”，对中国古典文学和文体发展均产生了较大的影响。

集　评

昔枚乘作《七发》，而属文之士若傅毅、刘广（世）、崔骃、李尤、桓麟、崔琦、刘梁、桓彬之徒，承其流而作之者纷焉。《七激》《七依》《七说》《七蠲》《七举》《七误》之篇，于通儒大才马季长、张平子亦引其源而广之。马作《七广》，张造《七辨》，或以恢大道而导幽滞，或以黜瑰奓而托讽咏，扬晖播烈，垂于后世者，凡十有余篇。自大魏英贤迭作，有陈王《七启》，王氏《七释》，杨氏《七训》，刘氏《七华》，从父侍中《七诲》，并陵前而邈后，扬清风于儒林，亦数篇焉。（西晋傅玄《七谟序》）

夫夸张声貌，则汉初已极，自兹厥后，循环相因；虽轩翥出辙，而终入笼内。枚乘《七发》云：“通望兮东海，虹洞兮苍天。”……诸如此类，莫不相

循，参伍因革，通变之数也。（南朝梁刘勰《文心雕龙·通变》）

枚乘之《七发》，邹阳之上书，膏润于笔，气形于言矣。（南朝梁刘勰《文心雕龙·才略》）

《随笔》谓枚乘作《七发》，东方朔作《客难》，其后纷然规仿。拟《七发》者，有《七激》《七辩》《七依》《七广》之作；拟《客难》者，有《解嘲》《达旨》《宾戏》之作，了无新意。仆谓古人制作，动有所祖，不止一端。（宋王楙《野客丛书》）

学者作赋，当以汉为法。《子虚》《上林》《长杨》《两都》《二京》设宾主之词，其体始于《七发》，实借此为敷陈之地，其词贵奥衍宏深，要不失《三百篇》声韵。（清洪若皋《梁昭明文选越裁》）

其气盛为古文家所交推矣，而实赖其雄骏之辞也。（孙学濂《文章二论》）

登楼赋

王　粲

登兹楼以四望兮，聊暇日[①]以销忧。览斯宇之所处兮，实显敞而寡仇[②]。挟清漳之通浦兮，倚曲沮之长洲[③]。背坟衍之广陆，临皋隰之沃流[④]。北弥陶牧，西接昭丘[⑤]。华实蔽野，黍稷盈畴[⑥]。虽信美而非吾土兮，曾何足以少留？

遭纷浊而迁逝兮，漫逾纪以迄今[⑦]。情眷眷而怀归兮，孰忧思之可任[⑧]。凭轩槛以遥望兮，向北风而开襟。平原远而极目兮，蔽荆山之高岑[⑨]。路逶迤而修迥兮，川既漾而济深[⑩]。悲旧乡之壅隔兮[⑪]，涕横坠而弗禁。昔尼父之在陈兮，有归欤之叹音[⑫]。钟仪幽而楚奏兮，庄舄显而越吟[⑬]。人情同于怀土兮，岂穷达而异心？

惟日月之逾迈兮，俟河清其未极⑭。冀王道之一平兮，假高衢而骋力⑮。惧匏瓜之徒悬兮，畏井渫之莫食⑯。步栖迟以徙倚兮，白日忽其将匿⑰。风萧瑟而并兴兮，天惨惨而无色。兽狂顾以求群兮，鸟相鸣而举翼。原野阒⑱其无人兮，征夫行而未息。心凄怆以感发兮，意忉怛而憯恻⑲。循阶除⑳而下降兮，气交愤于胸臆。夜参半而不寐兮。怅盘桓以反侧。

＊ 选自《文选》卷十一，南朝梁萧统编、唐李善注，上海：上海古籍出版社，1986年。

① 暇日：借着此日。暇，通“假”。前人或将“暇日”解为闲暇之日。

② 宇：指城楼。敞：高而显的样子。寡仇：鲜有能与之相匹的。仇：相匹，匹敌。

③ 挟：带。漳：河流名，发源于湖北南漳，东南流经当阳。通浦：河流交汇之处。沮：河流名，发源于秦岭山脉南麓，东南流向，流经远安、当阳等地，是汉江的一条重要支流。洲：水中的陆地。

④ 坟衍：指水边岸上和地势平坦的土地。皋隰：水边低湿的地方。沃，灌溉，沃流：可以拿来灌溉的河流。

⑤ 弥：含义为终，这里指远及、终极。陶牧：陶朱公范蠡的墓地，《尔雅》：“郊外曰牧”。牧，郊野。昭丘：楚昭王的墓地。

⑥ 畴：田地。

⑦ 纷浊：纷乱污浊，这里指纷乱的局势。迁逝：指王粲离开长安而流亡荆州的经历。逾：超过。纪：十二年。

⑧ 眷眷：流连回顾、依依不舍的样子。任：经受，忍受。

⑨ 岑：小而高的山。

⑩ 漾：指水长。济：渡口。

⑪ 壅隔：阻隔。

⑫ 昔尼父之在陈兮，有归欤之叹音：《论语·公冶长》：“子在陈曰：‘归与！归与！吾党之小子狂简，斐然成章，不知所以裁之。’”《史记·孔子世家》：“孔子居陈三岁，会晋楚争彊，更伐陈，及吴侵陈，陈常被寇。孔子曰：‘归与归与！吾党之小子狂简，进取不忘其初。’于是孔子去陈。”

客曰既登景夷之臺南望荆山北望汝海左江右湖其樂無有於是使博辯之士原本山川極命草木比物屬事離辭連類浮游覽觀乃下置酒於虞懷之宫連廊四注臺城層構紛紜元綠輦道邪交黄池紆曲溷章白鷺孔雀鶤鵠鵷鶵鵁鶄翠鬣紫纓螭龍德牧邕邕羣鳴陽魚騰躍奮翼振鱗漃漻薵蓼蔓草芳苓女桑河柳素葉紫莖苗松豫章條上造天梧桐并閭極望成林衆芳芬鬱亂於五風從容猗靡消息陽陰列坐縱酒蕩樂娛心景春佐酒杜連理音滋味雜陳肴糅錯該練色娛目流聲悅耳於是乃發激楚之結風揚鄭衛之皓樂使先施徵舒陽文段干吴娃閭娵傅予之徒雜裾垂髾目窕心與揄流波雜杜若蒙清塵被蘭澤嬿服而御此亦天下之靡麗皓侈廣博之樂也太子能彊起游乎太子曰僕病未能也

客曰既登景夷之臺南望荆山北望汝海左江右湖其樂無有於是使博辯之士原本山川極命草木比物屬事離辭連類浮游覽觀乃下置酒於虞懷之宮連廊四注臺城層構紛紜元綠輦道邪交黃池紆曲溷章白鷺孔雀鶤鵠鵷鶵鵁鶄翠鬣紫纓螭龍德牧邕邕羣鳴陽魚騰躍奮翼振鱗漃漻薵蓼蔓草芳苓女桑河柳素葉紫莖苗松豫章條上造天梧桐并閭極望成林衆芳芬鬱亂於五風從容猗靡消息陽陰列坐縱酒蕩樂娛心景春佐酒杜連理音滋味雜陳肴糅錯該練色娛目流聲悅耳於是乃發激楚之結風揚鄭衛之皓樂使先施徵舒陽文段干吳娃閭娵傅予之徒雜裾垂髾目窕心與揄流波雜杜若蒙清塵被蘭澤嬿服而御此亦天下之靡麗皓侈廣博之樂也太子能彊起游乎太子曰僕病未能也

选》,东汉末年董卓败亡后,其部将李傕、郭汜混战于关中,局势动荡,王粲见长安不可久居,遂前往长江之南投靠荆州的刘表政权,而在刘表幕下,王粲的政治抱负难以得到施展,曾登江陵城楼,郁郁寡欢,更兼思念北地,乃作此《登楼赋》。在赋中,作者表达了自己流寓南土,南方景色虽美,却因思念故乡以及自己不受重用,而产生越客楚囚之感。《登楼赋》开创了千古文人登楼遣怀的文学表达传统,构成后世文人心理的重要组成部分,而《登楼赋》文本本身也被选入《文选》,在很长的历史时段中是后世学习文学创作的重要蓝本和文学批评的重要对象。又因其乃是北方文人流寓江南过程中创作的作品,故也能反映早期中国的中原士族对江南的印象与观感。

集　评

王粲长于辞赋,徐干时有齐气,然粲之匹也。如粲之《初征》《登楼》《槐赋》《征思》,干之《玄猿》《漏卮》《圆扇》《橘赋》,虽张、蔡不过也。然于他文未能称是。(三国魏曹丕《典论·论文》)

《登楼赋》无乃烦。(西晋陆云《陆云集》)

子建函京之作,仲宣霸岸之篇……并直举胸情,非傍诗史,正以音律调韵,取高前式。(梁沈约《宋书·谢灵运传》)

《登楼赋》者,魏侍中王粲之所作也。归来子曰:“粲诗有古风,《登楼》之作,去楚辞远,又不及汉。然犹过曹植、潘岳、陆机《愁咏》《闲居》《怀旧》众作,盖魏之赋极此矣。”(宋朱熹《楚辞集注·楚辞后语》)

若阔大简奥,有意有兴,《登楼赋》为佳耳。(宋韩淲《涧泉日记》)

仲宣徙倚思归后,又复谁传独步名。(宋周弼《端平诗隽》)

自“步栖迟以徙倚”之下,则兼风比兴义,故犹有古味。以此知诗人所赋之六义,其妙处皆从情上来,情之不可已也,如是夫。(元祝尧《古赋辨体》)

长赋须是无可删,短赋须是无可益。如读此赋,曾觉其易尽否?(清

⑬ 钟仪：春秋时楚国人，《左传·成公九年》："晋侯观于军府，见钟仪，问之曰：'南冠而縶者，谁也？'有司对曰：'郑人所献楚囚也。'使税之，召而吊之，再拜稽首，问其族，对曰：'泠人也。'公曰：'能乐乎。'对曰：'先父之职官也，敢有二事？'使与之琴，操南音……公语范文子，文子曰：'楚囚，君子也。言称先职，不背本也。'"庄舄(xì)：越人，《史记·张仪列传》："越人庄舄仕楚执圭，有顷而病。楚王曰：'舄故越之鄙细人也，今仕楚执圭，贵富矣，亦思越不？'中谢对曰：'凡人之思故，在其病也。彼思越则越声，不思越则楚声。'使人往听之，犹尚越声也。"此二人皆为思念故乡之典型。

⑭ 日月：指光阴。逾迈：远逝。河清：相传黄河一千年一清，是太平盛世的象征。极：至，到达。

⑮ 高衢：要道，比喻显赫的官职。骋力：竭力驰骋。

⑯ 匏瓜：葫芦，典出《论语·阳货》，"子曰：'然，有是言也，不曰坚乎，磨而不磷；不曰白乎，涅而不缁。吾岂匏瓜也哉？焉能系而不食？'"孔子周游列国而不受用，乃至希望就职于晋犯上之叛臣佛肸，遂有此说，这里王粲借此表达自己希望受用于世的心情。井渫之莫食：《周易·井》云："井渫不食，为我心恻。"比喻臣子完善自我修养却不为人君所用。

⑰ 栖迟：滞留。徙倚：徘徊。匿：亡。

⑱ 阒(qù)：寂静无声的样子。

⑲ 忉(dāo)怛(dá)、憯(cǎn)恻：皆指悲伤。

⑳ 阶除：楼梯。

作者简介

王粲(177—217)，字仲宣，山阳高平人，东汉末年著名文学家，"建安七子"之一，少有文名，后因中原骚乱，避地荆州，依附刘表，客居荆州十余年，建安十三年曹操南征荆州，刘表子刘琮举州投降，王粲遂因此投入曹操阵营。在建安七子中，王粲长于辞赋，《登楼赋》是其最负盛名的作品。王粲文集《隋书·经籍志》著录为十一卷，多亡佚，明人张溥辑有《王侍中集》。

题　解

《登楼赋》是王粲现存最为重要的赋作，见诸昭明太子萧统所编《文大盜指侯景長離指梁武子孫三危九折本險地而直轡以往視若平途致遺權碎指梁武納侯景之降以有此亂荆軻蘇武指奉使西魏事瑣陳縷述悲感淋漓窮途一慟

六朝小賦每以五七言相雜成文其品致疏越自然遠俗初唐四子頗效此法

秋風之別關山則風月悽愴隴水則肝
龜言此地之寒鶴訝今年之雪百齡兮
華兮已晚不雪鴈門之踦先念鴻陸之
海兮可變非金丹兮能轉不暴骨於龍
頭於馬阪諒天造兮昧昧嗟生民兮渾

春賦　北周庾信

宜春苑中春已歸披香殿裏作春衣新
千種囀二月楊花滿路飛河陽一縣併
谷從來滿園樹一叢香草足礙人數尺

何焯《评注昭明文选》)

摹写长途景况,令人肌骨凛冽。(清宋长白《柳亭诗话》)

王仲宣《登楼赋》,情真语至,使人读之泪下。文之能动人如此。晋枣据亦有此赋,皆脱胎于粲。(清浦铣《复小斋赋话》)

五湖赋并序

杨　泉

余观夫主五湖①而察其云物,皇②哉大矣,以为名山大泽,必有记颂之章,故梁山有奕奕之诗③,云梦有子虚之赋④。夫具区者,扬州⑤之泽薮也。有大禹之遗迹⑥,疏川导滞之功,而独阙然未有翰墨之美,余窃愤焉。敢忘不才,述而赋之。其辞曰:

浚⑦矣大哉,于此五湖,乃天地之玄源,阴阳之所徂⑧。上值箕斗⑨之精,与云汉⑩乎同模。受三方之灌溉⑪,为百川之巨都;居扬州之大泽,苞吴越之具区。底功定绩,盖寓令图。南与长江分体,东与巨海合流。太阴⑫之所毖,玄灵之所游。追潮水而往还,通蓬莱与瀛洲。尔乃详观其广深之所极,延袤⑬之规方。邈乎浩浩,漫乎洋洋,西合乎濛汜,东苞乎扶桑⑭。日月于是出入,与天汉乎相望。头首无锡,足蹄松江。负乌程于背上,怀大吴以当胸。左有苞山,连以醴渎,岸岭崔巍,穹隆纡曲,大雷小雷,湍波相逐⑮。右有平原广泽,曼延旁薄,原隰陂坂⑯,各有条格。茹芦荻乱⑰,隐轸肴错。冲风之所去,零雨之所薄。

* 此为节选。据《全上古三代秦汉三国六朝文·全三国文》第七十五卷,清严可均辑,北京:中华书局,1958年。

① 五湖:即今太湖。下文"具区"即五湖之一。

② 皇:即大。

③ 奕奕之诗:指《诗·大雅·韩奕》。其诗曰:"奕奕梁山,维禹甸之,有倬其道。"奕奕:高大。梁山:山名,在今陕西境内。

④ 云梦:即云梦泽,古泽薮名,在今湖北省内。司马相如作《子虚赋》,对云梦泽有详细描述。

⑤ 扬州:古九州之一。

⑥ 相传大禹治水曾奔走于太湖流域,现古镇震泽东端有禹迹桥,是一座纪念大禹治水的古桥。震泽镇南有湖名为蠡泽湖,原名斩龙潭,相传大禹治水时曾在此斩黑龙。

⑦ 浚(jùn):水深。

⑧ 徂(cú):汇聚。

⑨ 箕斗:箕宿和斗宿这两个星宿,泛指群星。

⑩ 云汉:银河。

⑪ 三方:指太湖的南、西、北,太湖的出口在东面,接纳其他三方来水。

⑫ 太阴:月亮。

⑬ 延袤:分指长度与广度。

⑭ 濛汜:传说中日落之处。扶桑:传说中日出之处。因此下文说"日月于是出入"。

⑮ 无锡、松江、乌程、吴均为太湖附近之地名。苞山、岸岭、大雷、小雷均为太湖中之山名。

⑯ 原:平原。隰(xí):低而湿的地方。陂(bēi):水边之地。坂:泛指山坡。

⑰ 茹芦:多生长于水边的草本植物。菼(tǎn),指初生的荻。

作者简介

杨泉,生卒年不详,字德渊,征聘不就,常年隐居吴越(今江苏浙江)一带。现存《五湖赋》《善赞赋》《养性赋》等八篇。

题　解

目前我们所能看到的《五湖赋》仅是残存的一部分。作为开头部分,它主要描述了太湖浩渺广袤、山水交错的特征,富有美感。将五湖之大、涵盖地域之广、山川之丰富体现得淋漓尽致。作者承接自司马相如《子虚赋》以来模山范水的写赋传统，并为太湖地区在吴国时的状态留下了宝贵的资料，也为研究《水经注》和历史地理问题提供了资料。

吴都赋

左　思

且有吴之开国也，造自太伯，宣于延陵①。盖端委之所彰，高节之所兴。建至德以刱洪业，世无得而显称。由克让以立风俗，轻脱躧于千乘②。若率土而论都，则非列国之所觖③望也。故其经略，上当星纪，拓土画疆，卓荦兼并。包括干④越，跨蹑蛮荆。婺女寄其曜，翼轸寓其精⑤。指衡岳以镇野，目龙川而带坰⑥。

尔其山泽，则嵬嶷峣屼，嵝冥郁岪，溃渱泮汗，滇淴淼漫⑦。或涌川而开渎，或吞江而纳汉。磈磈磈磈，滮滮涆涆⑧。磝硿乎数州之间，灌注乎天下之半⑨。百川派别，归海而会。控清引浊，混涛并濑⑩。濆薄沸腾，寂寥长迈。濞焉汹汹，隐焉礚礚⑪。出乎大荒之中，行乎东极之外。经扶桑之中林，包汤谷之滂沛⑫。潮波汩起，回复万里。歊雾漨浡⑬，云蒸昏昧。泓澄奫潫，澒溶沆瀁⑭。莫测其深，莫究其广。澶湉漠而无涯，总有流而为长⑮。瑰异之所丛育，鳞甲之所集往。

……

尔乃地势块圠，卉木跃蔓⑯。遭薮为圃，值林为苑。异荂蓲蘛⑰，夏晔冬蒨。方志所辨，中州所羡。草则藿蒳豆蔻，姜汇非一⑱。江蓠⑲之属，海苔之类。纶组紫绛⑳，食葛香茅。石帆水松，东风扶留㉑。布濩㉒皋泽，蝉联陵丘。夤缘山岳之岊㉓，幂历江海之流。扤白蒂,衔朱蕤。郁兮莸茂,晔兮菲菲。光色炫晃,芬馥肸蠁[24]。职贡纳其包匦[25],离骚咏其宿莽。木则枫柙櫲樟,栟榈枸榔[26]。绵杬杶栌,文欀桢橿[27]。平仲桾櫏,松梓古度[28]。楠榴之木,相思之树。宗生高冈,族茂幽阜。擢本千寻,垂荫万亩。攒柯挐茎,重葩殗叶[29]。轮囷虯蟠,埇垛鳞接[30]。荣色杂糅,绸缪缛绣。宵露霮䨴,旭日晻昹[31]。与风飖飏,飏浏飕飗。鸣条律畅,飞音响亮。盖象琴筑并奏,笙竽俱唱。其上则猿父哀吟,犴子[32]长啸。狖鼯猓然,腾趠飞超[33]。争接县垂,竞游远枝。惊透沸乱,牢落翚散[34]。其下则有枭羊麡狼,猰貐貙象[35]。乌菟之族,犀兕[36]之党。钩爪锯牙,自成锋颖。精若耀星,声若震霆。名载于山经,形镂于夏鼎。

其竹则篔筜箖箊,桂箭射筒。柚梧有篁,篻簩有丛[37]。苞笋抽节,往往萦结。绿叶翠茎,冒霜停雪。橚矗[38]森萃,蓊茸萧瑟。檀栾蝉蜎,玉润碧鲜。梢云无以逾,嶰谷弗能连。鹭鹭食其实,鹓雏扰其间。其果则丹橘余甘,荔枝之林。槟榔无柯,椰叶无阴。龙眼橄榄,棎榴御霜。结根比景之阴,列挺衡山之阳。素华斐,丹秀芳。临青壁,系紫房。鷓鸪南翥[39]而中留,孔雀綷羽以翱翔。山鸡归飞而来栖,翡翠列巢以重行。其琛赂则琨瑶之阜,铜锴之垠[40]。火齐之宝,骇鸡之珍[41]。赪丹明玑,金华银朴。紫贝流黄,缥碧素玉。隐赈崴裹,杂插幽屏。精曜潜颖,硩陊山谷。碕岸为之不枯,林木为之润黩。隋侯于是鄙其夜光,宋王于是陋其结绿。

其荒陬谲诡,则有龙穴内蒸,云雨所储。陵鲤若兽,浮石若桴。双则比目,片则王余。穷陆饮木,极沈水居。泉室潜织而卷绡,渊客慷慨而泣珠。开北户以向日,齐南冥于幽都。其四野则畛畷无数,膏腴兼倍。原隰殊品,窊隆异等[42]。象耕鸟耘[43],此之自与。穱秀菰穗[44],于是乎在。煮海为盐,采山铸钱。国税再熟之稻,乡贡八蚕之绵。

徒观其郊隧之内奥，都邑之纲纪。霸王之所根柢，开国之所基趾。郛郭周匝，重城结隅。通门二八，水道陆衢。所以经始，用累千祀。宪紫宫以营室，廓广庭之漫漫。寒暑隔阂于邃宇，虹蜺回带于云馆。所以跨跱焕炳万里也。造姑苏之高台，临四远而特建，带朝夕之濬池，佩长洲之茂苑㊺。窥东山之府，则坏宝溢目；覵海陵之仓，则红粟流衍㊻。起寝庙于武昌，作离宫于建业㊼。阐阖闾之所营，采夫差之遗法㊽。抗神龙之华殿，施荣楯而捷猎。崇临海之崔巍，饰赤乌之韡晔㊾。东西胶葛，南北峥嵘。房栊对榥，连阁相经。阍闼谲诡，异出奇名。左称弯碕，右号临硎㊿。雕栾镂楶，青琐丹楹。图以云气，画以仙灵。虽兹宅之夸丽，曾未足以少宁。思比屋于倾宫，毕结瑶而构琼。高闱有闶，洞门方轨。朱阙双立，驰道如砥。树以青槐，亘以绿水。玄荫眈眈，清流亹亹。列寺[51]七里，侠栋阳路。屯营栉比，解署棋布[52]。横塘查下，邑屋隆夸。长干延属，飞甍舛互[53]。

其居则高门鼎贵，魁岸豪杰。虞魏之昆，顾陆之裔[54]。岐嶷继体，老成奕世。跃马叠迹，朱轮累辙。陈兵而归，兰锜内设。冠盖云荫，闾阎阗噎。其邻则有任侠之靡，轻訬之客。缔交翩翩，傧从弈弈。出蹑珠履，动以千百。里宴巷饮，飞觞举白。翘关扛鼎。拚射壶博。鄱阳暴谑，中酒而作。

于是乐只衎而欢饫无匮，都辇殷而四奥来暨[55]。水浮陆行，方舟结驷。唱棹转毂，昧旦永日。开市朝而并纳，横阛阓[56]而流溢。混品物而同廛，并都鄙而为一。士女伫眙，商贾骈坒[57]。纻衣絺服，杂沓傱萃。轻舆按辔以经隧，楼船举帆而过肆。果布辐凑而常然，致远流离与珂珬[58]。綀贿纷纭，器用万端。金镒磊砢，珠琲阑干。

桃笙象簟，韬于筒中；蕉葛升越，弱于罗纨。儮𧰫𡘋𤠣[59]，交贸相竞。喧哗喤呷，芬葩荫映。挥袖风飘而红尘昼昏，流汗霡霂而中逵泥泞。

富中之甿，货殖之选。乘时射利，财丰巨万。竞其区宇，则并疆兼巷；矜其宴居，则珠服玉馔。趫材悍壮，此焉比庐。捷若庆忌，勇若专诸[60]。危冠而出，竦剑而趋。扈带鲛函，扶揄属镂。藏鍦于人，去厳自闾。家有鹤膝，户有犀渠。军容蓄用，器械兼储。吴钩越棘，纯钧湛卢[61]。戎车盈于石城[62]，戈船掩乎江湖。

……

结轻舟而竞逐，迎潮水而振缗[63]。想萍实之复形，访灵夔于鲛人[64]。精卫衔石而遇缴，文鳐[65]夜飞而触纶。北山亡其翔翼，西海失其游鳞。雕题[66]之士，镂身之卒。比饰虬龙，蛟螭与对。简其华质，则亃[67]费锦缋。料其虓勇，则雕悍狼戾。相与昧潜险，搜瑰奇。摸蝳蝐，扪觜蠵[68]。剖巨蚌于回渊，濯明月于涟漪。

毕天下之至异，讫无索而不臻。溪壑为之一罄，川渎为之中贫。哂澹台之见谋，聊袭海而徇珍[69]。载汉女于后舟，追晋贾而同尘。汩乘流以砰宕，翼飔风之飀飀[70]。直冲涛而上濑，常沛沛以悠悠。汔可休而凯归，揖天吴与阳侯[71]。指包山而为期，集洞庭而淹留。数军实乎桂林之苑，飨戎旅乎落星之楼。置酒若淮泗，积肴若山丘。飞轻轩而酌绿酃，方双辔而赋珍羞。饮烽起，釂鼓震。士遗倦，众怀欣。幸乎馆娃之宫，张女乐而娱群臣。罗金石与丝竹，若钧天之下陈。登东歌，操南音。胤阳阿，咏韎任[72]。荆艳楚舞，吴愉越吟。翕习容裔，靡靡愔愔。

……

昔者夏后氏朝群臣于兹土，而执玉帛者以万国。盖亦先生之所高会，而四方之所轨则。春秋之际，要盟之主。阖闾信其威，夫差穷其武。内果伍员之谋，外骋孙子之奇[73]。胜强楚于柏举，栖劲越于会稽。阙沟乎商鲁，争长于黄池[74]。徒以江湖崄陂，物产殷充。绕霤未足言其固，郑白未足语其丰[75]。士有陷坚之锐，俗有节概之风。睚眦则挺剑，喑呜则弯弓。拥之者龙腾，据之者虎视。麾城若振槁，搴旗若顾指。虽带甲一朝，而元功远致。虽累叶百叠，而富强相继。乐湑衎其方域，列仙集其土地[76]。桂父练形而易色，赤须蝉蜕而附丽[77]。中夏比焉，毕世而罕见，丹青图其珍玮，贵其宝利也。舜禹游焉，没齿而忘归，精灵留其山阿，玩其奇丽也。剖判庶士，商推万俗。国有郁鞅而显敞，邦有湫阨而踡跼。伊兹都之函弘，倾神州而韫椟。仰南斗以斟酌，兼二仪之优渥。

……

＊ 此为节选。据《文选》第五卷，南朝梁萧统编、唐李善注，上海：上海古籍出版社，1986 年。

① 吴太伯：又称泰伯。《史记・吴太伯世家》记载，太伯本为周太王长子，因周太王欲立三子季历，太伯与弟弟仲雍辞让王位，奔至荆蛮，文身断发，表示自己不可用，以避季历。于荆蛮之地自号句吴，是为吴国。延陵：相传春秋时吴公子季札避让王位，避居于延陵。因此二事，下文称“由克让以立风俗”。

② 躧(xǐ)：鞋。千乘：形容车马众多，代指王位。

③ 觖(jué)：不满足。

④ 干：春秋时国名，为吴所灭，所以亦指吴国。

⑤ 婺女、翼轸：均为二十八星宿之一，此处形容吴国地域广大。

⑥ 坰(jiōng)：都邑之外的远郊。

⑦ 嵬嶷峣(yáo)屼(wù)：形容山势陡峭高耸。巊(yǐng)冥郁岪：形容山中水气潮湿、天色阴暗。溃渱泮(pàn)汗：形容水流广大。

⑧ 滮滮(biāo)溄溄(hàn)：形容水流流动迅速。

⑨ 嵚(qīn)崟(yín)：形容山势险峻而连绵不断。

⑩ 濑(lài)：急速流淌。

⑪ 濞(bì)、礚：均为拟声词，形容水撞击在石头上的声音。

⑫ 扶桑、汤谷：汤，通“旸（yáng）”，扶桑、旸谷均为传说中太阳升起的地方。

⑬ 浲浡（bó）：盛大。

⑭ 泓澄奫（yūn）潫（wān）、澒（hòng）溶沆（hàng）瀁（yàng）：水深广而回旋。

⑮ 澶（chán）湉：水流平缓的样子。总：汇聚。

⑯ 坱（yǎng）圠（yà）：地势高低不平。镺（ǎo）蔓：草木蔓延繁盛。

⑰ 荂（fū）：一种开花的草本植物。蘁（fū）蕍（yú）：花开茂盛。

⑱ 藿、蒳、豆蔻：均为草木之名。汇：类。

⑲ 江蓠：香草，即蘼芜。

⑳ 纶组、紫绛：各指一种海草。

㉑ 石帆：一种珊瑚虫。水松：藻类植物。东风：一种可入药的植物。扶留：一种藤类植物。

㉒ 布濩：遍布、布散。

㉓ 夤（yín）缘：攀缘上升。岊（jié）：山之陬隅高处。

㉔ 肸（xī）蠁（xiǎng）：扩散、弥漫。

㉕ 职贡：古代称藩属或外国对于朝廷按时的贡纳。包匦：本指裹束而置于匣中，代称贡物。

㉖ 栟（bīng）榈：即棕榈。枸（gǒu）榔（láng）：木名。

㉗ 绵：木棉。杬（yuán）：古书上说的一种乔木。杶（chūn）：树名。栌：落叶灌木。欀（xiāng）：树皮中含有淀粉的一种树。橿（jiāng）：古书上说的一种树。

㉘ 平仲：银杏。桾櫏（qiān）：落叶乔木。古度：无花果。

㉙ 挐：连续。殗（yè）：重叠。

㉚ 轮囷（qūn）：盘曲貌。垍（qì）堁（zhí）：重叠貌。

㉛ 霮（dàn）䨴（duì）：浓云密集。晻（àn）暧（bèi）：昏暗。

㉜ 狎（huī）子：一种传说中的神兽，《山海经》记载：“狱法之山，有兽焉，其状如犬而人面，善投，见人则笑，其名山狎。其行如风，见则天下大风。”

㉝ 狖（yòu）：一种传说中的长尾猴。鼯：似松鼠，有飞膜，可从树上飞降而下。猓然：兽名，一种长尾猿。

㉞ 翚（huī）散：飞散。

㉟ 枭羊：即枭阳、枭杨，传说中一种类似于猩猩之兽，《淮南子注》“枭阳，山精也，人形，长大，面黑色，身有毛，足反踵，见人而笑。”麡（qí）狼：古书上一种类似于鹿的动物。《后汉书》：“麡即麡狼也。”猰（yà）貐（yǔ）：传说中的一种吃人怪兽，像

貙，虎爪，奔跑迅速。貙（chū）：传说中一种类似于狸猫的动物，《尔雅·释兽》云："（貙）虎属，大如狗，文如狸"。

㊱ 兕（sì）：传说中类似于犀牛的神兽。《山海经》云："兕在舜葬东，湘水南。其状如牛，苍黑，一角。"

㊲ 篔（yún）筜（dāng）、箖（lín）箊（yū）、桂、箭、射筒、篻（piǎo）、簩（láo）：均为竹之品种名。

㊳ 橚（sù）矗：形容竹子直立。

㊴ 翥（zhù）：鸟向上飞。

㊵ 琛赂：宝物。琨瑶：美玉。

㊶ 火齐：一种宝石。骇鸡：指骇鸡犀。

㊷ 原隰（xí）：广平与低湿之地。窊（wā）：低洼。

㊸ 传说舜死苍梧，象为之耕；禹葬会稽，鸟为之耘。后用以形容民俗古朴，有舜禹时代的遗风。

㊹ 穱（zhuō）：麦类植物。菰（gū）：菰米，一种草本植物。

㊺ 姑苏台、朝夕池：均为传说中吴国的遗迹。

㊻ 东山之府：指吴王府。海陵：古代县名，吴粮仓所在。红粟：指国家富强粮食过多，久藏于仓库之中而变为红色的陈米。

㊼ 寝庙：古代宗庙的正殿为庙，后殿为寝。离宫：帝王离开宫殿时所居住的行宫。

㊽ 阖闾：姬姓，名光，又称公子光，春秋末期吴国君主。夫差：阖闾之子，执政期间十分好战，曾打败齐国、越国、晋国等，但终为越国所灭，夫差自尽而死。

㊾ 神龙、荣楯而、临海、赤乌：均为吴国宫殿名。

㊿ 弯碕、临硎：均为吴宫门名。

51 寺：官署。

52 解署：官署。

53 横塘、查下、长干：均为吴国平民居住区。

54 虞魏：虞文秀、魏周。顾陆：顾荣、陆逊，均为吴国显贵。

55 衎（kàn）：欢乐。都辇：都城。四奥：四方。

56 阛（huán）阓（huì）：街市。

57 骈坒（bì）：排列相接。

58 辐凑：聚集。流离、珂珬（xù）：均为珍宝。

⑲ 僁(sè)譶(tà):人声鼎沸、言语不断。泶(xué)漻:相互交错。

⑳ 庆忌:春秋时期吴王僚之子,传说中相当敏捷,箭射之不中,马追之不及。专诸:春秋时期吴国刺客,置匕首于鱼腹中,以图刺死吴王僚。

㉑ 扈带:披带。鲛函:用鲛鱼皮做的盔甲。属镂、鏣、䤾、鹤膝、犀渠、棘、纯钧、湛卢:均为兵器名。

㉒ 石城:即石头城,为吴国军事重镇。

㉓ 缗(mín):钓鱼线。

㉔ 萍实:一种水生植物,祥瑞。《说苑·辨物》记载:"楚昭王渡江,有物大如斗,直触王舟,止于舟中。昭王大怪之,使聘问孔子。孔子曰:'此名萍实,令剖而食之。唯霸者能获之,此吉祥也。'"夔:一种传说中居于东海的神兽,见《山海经》。

㉕ 鳐:一种飞鱼。

㉖ 雕题:吴国的风俗。《战国策》曰:"黑齿雕题,鳀冠秫缝,大吴之国也。"《水经》曰:"雕题国在郁林水南。"

㉗ 䖃(yì):贪。

㉘ 蝳(dài)蝐(mào):类似龟的爬行动物。蟕(zī)蠵(xī):龟。

㉙ 干宝《搜神记》曰:澹台子羽赍璧渡河,风波忽起,两龙夹舟。子羽奋剑斩龙,波乃止。登岸投璧于河,河伯三归之。子羽毁璧而去。

㉚ 砰宕:舟击水貌。飗(liú)飗:风吹得急速。

㉛ 天吴:《山海经》曰:"朝阳之谷神为天吴,是水伯,揖之者,辞水灵而归。"

㉜ 胤:继续。阳阿:古乐曲。韎:东乐名。任:南乐名。

㉝ 伍员:楚大夫,出仕于吴,吴王因其谋伐楚。孙子:指孙武,吴人,善用兵,作兵书,号《孙子兵书》。

㉞ 商:宋国。黄池:地名,《国语》曰:吴王夫差起军北征,阙池为深沟,通于商鲁之间。北属之沂,西属之济,以会晋定公于黄池。

㉟ 绕雷:古地名,在陕西省。郑白:指郑渠、白渠,均在陕西省。

㊱ 湑(xǔ):欢乐。衎(kàn):出。此句言乐湑之事皆出此方域之中。

㊲《列仙传》曰:"桂父,象林人也,常服桂叶,以龟脑和之,颜色如童,时黑时白时赤,南海人尊事之累世。""赤须子,丰人也,丰中传世见之,秦穆公之主鱼吏也。数道丰界灾异水旱,十不失一。食柏实石脂,绝谷,齿落更生,细发复出。后去之吴山。"

作者简介

左思(250—305),字太冲,临淄人(今山东淄博)。西晋文学家。虽博学能文但出身寒门,幸因其妹被召入宫,移家京师,被召入宫而官至秘书郎,但仍然仕途不得意;除《三都赋》外,有《咏史》诗。

题　解

《三都赋》包括《魏都赋》《吴都赋》《蜀都赋》,由左思花费十年时间构思而成,是汉代以来京都赋的典型。《世说新语》记载:“左太冲作《三都赋》初成,时人互有讥訾,思意不惬。后示张公,张曰:‘此《二京》可三,然君文未重于世,宜以经高名之士。’思乃询求于皇甫谧。谧见之嗟叹,遂为作《序》。于是,先相非贰者,莫不敛衽赞述焉。”之后“豪贵之家,竞相传写,洛阳为之纸贵”。

《吴都赋》承接《蜀都赋》,先从大处着笔,概述吴国之历史、地理等,再深入描写各种自然与社会状态。但是,由于其写作目的是“于西晋初吴蜀始平之后,抑吴都、蜀都而申魏都,以晋承魏统耳”(清王鸣盛语),因此之后更加大肆夸扬魏都,使得结构更加宏大完整。

集　评

余观《三都》之赋,言不苟华,必经典要,品物殊类,禀之图籍;辞义瑰玮,良可贵也。有晋征士故太子中庶子安定皇甫谧,西州之逸士,耽籍乐道,高尚其事,览斯文而慷慨,为之都序。中书著作郎安平张载、中书郎济南刘逵,并以经学洽博,才章美茂,咸皆悦玩,为之训诂;其山川土域,草木鸟兽,奇怪珍异,佥皆研精所由,纷散其义矣。余嘉其文,不能默已,聊藉二子之遗忘,又为之《略解》,只增烦重,览者阙焉。(晋卫权《〈三都赋〉略解序》)

左思奇才,业深覃思,尽锐于《三都》,拔萃于《咏史》,无遗力矣。(南

朝梁刘勰《文心雕龙》)

太冲含豪历载,以赋《三都》,士安见而称善,平原睹而韬翰,匪惟高步当年,故以腾华终古。(唐房玄龄等《晋书·文苑传赞》)

班固、张衡、左太冲所赋《两京》《三都》各务夸大,而王者受命,则阙而不书。(唐顾况《高祖受命造唐赋并序》)

是祖《上林》,赋分出山水二大宗为棋盘,而以校猎为下棋,全在字句间用意。其绘写景物,煞有独至处,第间或失之小。及全文大势终未免涣漫。盖步骤平子,而力量不及。(明孙鑛《评注昭明文选》)

三赋工力悉敌,琢字磨句,务越班、张,如临淮代汾阳,旌旗改色。然《吴都》似《子虚》,《蜀都》似《上林》,《魏都》似《东京》,而有骈句,故月峰以为骨力不逮也。(清陆棻《历朝赋格·文赋格》)

韩退之曰:"记事者必提其要,纂言者必钩其玄。"其所谓钩玄提要之书,不特后世不可得而闻,虽当世籍、湜之徒,亦未闻其有所见,果何物哉?盖亦不过寻章摘句,以为撰文之资助耳。此等识记,古人当必有之。如左思十稔而赋《三都》,门庭藩溷,皆著纸笔,得即书之。今观其赋,并无奇思妙想,动心駴魄,当藉十年苦思力索而成。其所谓得即书者,亦必标书志义,先掇古人菁英,而后足以供驱遣尔。然观书有得,存乎其人,各不相涉也。(清章学诚《文史通义·文理》)

游天台山赋

孙　绰

天台山①者,盖山岳之神秀者也。涉海则有方丈、蓬莱,登陆则有四明、天台②。皆玄圣之所游化,灵仙之所窟宅。夫其峻极之状,嘉祥之美,穷山海之瑰富,尽人神之壮丽矣。所以不列于五岳、阙载

作者简介

于常典者，岂不以所立冥奥，其路幽迥。或倒景于重溟，或匿峰于千岭。始经魑魅[3]之涂，卒践无人之境。举世罕能登陟，王者莫由禋祀。故事绝于常篇，名标于奇纪。

然图像[4]之兴，岂虚也哉！夫遗世玩道，绝粒茹芝者，乌能轻举而宅之[5]？非夫远寄冥搜，笃信通神者，何肯遥想而存之？余所以驰神运思，昼咏宵兴，俯仰之间，若已再升者也。方解缨络，永托兹岭。不任吟想之至，聊奋藻以散怀。

太虚[6]辽阔而无阂，运自然之妙有，融而为川渎，结而为山阜。嗟台岳之所奇挺，实神明之所扶持。荫牛宿[7]以曜峰，托灵越以正基。结根弥于华岱，直指高于九疑。应配天于唐典，齐峻极于周诗[8]。

邈彼绝域，幽邃窈窕。近智以守见而不之，之者以路绝而莫晓。哂夏虫之疑冰[9]，整轻翮而思矫。理无隐而不彰，启二奇以示兆。赤城霞起而建标，瀑布飞流以界道。

睹灵验而遂徂，忽乎吾之将行。仍羽人于丹丘，寻不死之福庭[10]。苟台岭之可攀，亦何羡于层城[11]？释域中之常恋，畅超然之高情。被毛褐之森森，振金策之铃铃。披荒榛之蒙茏，陟峭崿之峥嵘。济楢溪而直进，落五界而迅征[12]。跨穹窿之悬磴，临万丈之绝冥。践莓苔之滑石，搏壁立之翠屏。揽樛木之长萝，援葛藟之飞茎。虽一冒于垂堂，乃永存乎长生。必契诚于幽昧，履重崄而逾平。

既克隮于九折[13]，路威夷而修通。恣心目之寥朗，任缓步之从容。藉萋萋之纤草，荫落落之长松。觌翔鸾之裔裔，听鸣凤之哕哕[14]。过灵溪[15]而一濯，疏烦想于心胸。荡遗尘于旋流，发五盖[16]之游蒙。追羲农之绝轨，蹑二老之玄踪[17]。

陟降信宿，迄于仙都[18]。双阙云竦以夹路，琼台中天而悬居。

朱阙玲珑于林间，玉堂阴映于高隅。彤云斐亹以翼棂，皦日炯晃于绮疏。八桂森挺以凌霜，五芝含秀而晨敷。惠风佇芳于阳林，醴泉涌溜于阴渠。建木灭景于千寻，琪树璀璨而垂珠⑲。王乔控鹤以冲天，应真飞锡以蹑虚⑳。骋神变之挥霍，忽出有而入无。

于是游览既周，体静心闲。害马已去，世事都捐㉑。投刃皆虚，目牛无全㉒。凝思幽岩，朗咏长川。尔乃羲和㉓亭午，游气高褰。法鼓琅以振响，众香馥以扬烟。肆觐天宗，爰集通仙。挹以玄玉之膏，嗽以华池之泉。散以象外之说，畅以无生之篇。悟遗有之不尽，觉涉无之有间；泯色空以合迹，忽即有而得玄；释二名之同出，消一无于三幡㉔。恣语乐以终日，竺寂默于不言。浑万象以冥观，兀同体于自然。

* 此为节选。据《文选》第十一卷，南朝梁萧统编、唐李善注，上海：上海古籍出版社，1986年。

① 天台山：在今浙江天台县北，为佛教圣地。

② 方丈、蓬莱：传说中两座海上仙山。四明山在今浙江宁波，距天台山不远。

③ 魑(chī)魅(mèi)：传说中生活于山林的鬼怪。

④ 图像：指《天台山图》。

⑤ 绝粒茹芝：指不吃粮食、吃灵芝仙草的道教徒。轻举：羽化成仙。

⑥ 太虚：道教术语，指老子、庄子所说的"道"。

⑦ 牛宿：二十八星宿之一。

⑧ 唐典：此处指《尚书·尧典》。周诗：指《诗经·大雅·崧高》中"崧高维岳，峻极于天"一句。

⑨ 夏虫疑冰：典出《庄子·秋水》"夏虫不可以语于冰者，笃于时也。"

⑩ 丹丘：典出《楚辞·远游》："仍羽人于丹丘兮，留不死之旧乡"，王逸注云："丹丘昼夜常明也"。

⑪ 层城：古代神话中昆仑山上的高城，《淮南子》曰："昆仑虚有三山，阆风、桐版、玄圃，层城九重。"泛指仙境。

⑫ 楢(yóu)溪：天台山一溪名。五界：山名。

⑬ 九折：形容崎岖的山路。

⑭ 裔裔：形容鸟飞翔轻快。喈喈：拟声词，群鸟的鸣叫声。

⑮ 灵溪：天台山一溪名。

⑯ 五盖：佛教术语，指五种覆盖心性，令善法不生之烦恼。

⑰ 羲农：伏羲与神农。二老：道家所推崇的老子与老莱子。

⑱ 陟(zhì)：上升。降：下降。信宿：连住两晚。

⑲ 建木：一种作为沟通天地人神的桥梁的圣树，传说中伏羲、黄帝等都是通过这一神圣的梯子上下往来于人间、天庭，泛指高大的树木。琪树：仙界的玉树。

⑳ 王乔：即王子乔，传说中的仙人，可以驾鹤而飞。应真：即佛教中所谓"罗汉"。锡：罗汉所持之锡杖。

㉑ 害马：比喻世俗的杂念，与后文"世事"同义。

㉒ 典出《庄子·养生主》中庖丁解牛之故事：庖丁为文惠君解牛，手之所触，肩之所倚，足之所履，膝之所踦，砉然向然，奏刀騞然，莫不中音。合于《桑林》之舞，乃中《经首》之会。文惠君曰："嘻！善哉！技盖至此乎？"庖丁释刀对曰："臣之所好者，道也，进乎技矣。始臣之解牛之时，所见无非牛者。三年之后，未尝见全牛也。方今之时，臣以神遇而不以目视，官知止而神欲行。依乎天理，批大郤，导大窾，因其固然，技经肯綮之未尝，而况大軱乎！良庖岁更刀，割也；族庖月更刀，折也。今臣之刀十九年矣，所解数千牛矣，而刀刃若新发于硎。彼节者有间，而刀刃者无厚；以无厚入有间，恢恢乎其于游刃必有余地矣，是以十九年而刀刃若新发于硎。虽然，每至于族，吾见其难为，怵然为戒，视为止，行为迟。动刀甚微，謋然已解，如土委地。提刀而立，为之四顾，为之踌躇满志，善刀而藏之。"文惠君曰："善哉！吾闻庖丁之言，得养生焉。"

㉓ 羲和：传说中驾驭日车之神。

㉔ 二名：指"有"和"无"。三幡：道家的色、空、观。

作者简介

孙绰(314—371)，字兴公，太原(今山西平遥县)人。东晋文学家，生性放旷，常寄情山水，与高阳许询齐名，为玄言诗派代表人物。袭封长乐侯，起家太学博士，晋哀帝时，迁散骑常侍、领著作郎，后因阻止大司马桓温迁都洛阳，迁廷尉卿。又善书法，张怀瓘《书断》将其列入第四等。曾撰《遂初赋》《天台山赋》等。

题解

天台山自东晋起就具有浓厚的宗教气息，孙绰的《游天台山赋》又处于魏晋时期玄言诗兴起的背景之下，因此，赋中“世事多捐”“浑万象以冥观，兀同体于自然”等体现了门阀士族思考“有”“无”之义、关心佛道、崇尚玄言清谈的情形，也赋予此赋以超然于世俗的高士之情和老庄玄理色彩。同时，《游天台山赋》作为山水文学，详细地描绘了天台山的风景，并凸显其高耸、曲折、幽深等特点。此赋一说为孙绰亲临天台山而作，一说是根据《天台山图》所作，但无论如何，都极写游天台山之乐，让人如临其境。中国古代山水审美大概在东晋后期才开始发展成型，孙绰于此以赋体写山水游记，并结合大赋之铺陈和小赋之抒情，将记叙、描写、议论相结合，富有新意，在文学史上具有特殊的意义。

集评

尝作《天台山赋》，辞致甚工，初成，以示友人范荣期，云：“卿试掷地，当作金石声也。”荣期曰：“恐此金石非中宫商。”然每至佳句，辄云：“应是我辈语。”（唐房玄龄等《晋书·孙绰传》）

《天台山赋》能律声，有金石声。孙公云“掷地金声”，此之谓也。（唐王昌龄《诗格》）

君不见，兴公旧草《天台赋》，元不曾识天台路。一俯仰间已再升，何用瘦藤与芒屦？（宋杨万里《寄题李与贤似剡庵》）

余尝读孙兴公《天台赋》，观其标奇领异，云兴霞蔚。兼言外玄趣，冥与道会，意窃慕之。（宋程公许《沧州尘缶编》）

后汉王文考作《鲁灵光殿赋》，晋孙兴公作《游天台山赋》，宋鲍明远作《芜城赋》，皆见推当时，至谓孙赋掷地作金声，贵重可知。由今观三赋，虽不脱当时组织之习，然孙赋则总之以老氏清净之说，鲍赋则惟感慨兴废，王赋则惟颂美本朝，各极其趣者也。（元刘壎《隐居通议》）

孙兴公《天台赋》，运意高简，忘象以求，斯得之。（元袁桷《清容居士集》）

赋也。造悟真遣累之辞，以寓其寻幽履胜之情，其源亦出于《离骚》《远游》。尝谓世之学仙者，以离情为宗，然虽曰离一切爱，而未免慕真，则爱未尝离；虽曰离一切乐，而未免好静，则乐未尝离；虽曰离一切欲，而未免贪生，则欲未尝离。凡人之情，与生俱生，而岂可离哉？必也无生，而后情可离。为仙者欲以长生久视，吾恐其终未免于有情也。晋人言圣人忘情，其下不尽情，然则情之所钟，正在我辈，愚于是而并有感。（元祝尧《古赋辨体》）

赤城黄岩之境，有山曰委羽，有士曰刘德玄。隐居自放，不求闻于人，独喜为歌诗。情有所感，辄形于言。尝读孙绰《天台山赋》，至“羽人丹丘，福庭不死”之句，欣然慕之，若将有所遇焉，遂名其稿曰《羽庭》。（元贡师泰《玩斋集》）

平生惯诵《天台赋》，不记香炉记赤城。（明凌云翰《柘轩集》）

此赋摛天上云锦之章，疑怀连城而佩明月；离人间烟火之气，若饮坠露而餐流霞。异姿、异想、异色、异声，艺海词坛，英英楚楚。（明邹思明《文选尤》）

旨在求仙。甚雅密，有条理，但修饰意多，天然趣少。（明孙鑛《评注昭明文选》）

《天台》一赋，金石声传播至今。范荣期尚有未中宫商之慨，此大言欺人耳。（明张燮《七十二家集》）

《天台赋》自命金石，抑其佳句，不过“赤城”“瀑布”耳。（明张溥《汉魏六朝百三家集题辞注》）

序优于赋，诸赋此篇最下。（清何焯《义门读书记》）

非赋山，乃赋游耳。山为实，游为虚，运实于虚，特为精妙。（清何焯《评注昭明文选》）

古人作文，虽描画山水，必有引经据典之意，乃为真风雅。孙兴公《游

天台山赋》开首叙天台山处，意致不凡，非后人之所及。（清倪思宽《二初斋读书记》）

《登楼》《芜城》之感时抒愤，《游天台》之寄兴玄远，词固工而情亦至也。（明张元谕《篷底浮谈》）

安仁《籍田赋》、兴公《天台》、延年《白马》，神理不足，无资性灵，不以专篇而姑留。（清洪若皋《梁昭明文选越裁》）

汉祢衡《鹦鹉》，魏王粲《登楼》，晋孙绰《游天台山》，汉扬雄《甘泉》，以上正体，而俳体间出于其中。（清王之绩《铁立文起前编》）

以老、庄、释氏之旨入赋，固非古义，然亦有理趣、理障之不同。如孙兴公《游天台山赋》云："骋神变之挥霍，忽出有而入无。"此理趣也。至云："悟遗有之不尽，觉涉无之有间。泯色空以合迹，忽即有而得玄。释二名之同出，消一无于三幡。"则落理障甚矣。（清刘熙载《艺概》）

扬都赋

庾 阐

子未闻扬都[①]之巨伟也，左沧海，右岷山，龟鸟津其落，江汉演其源。碣金标乎象浦[②]，注桐柏乎玄川[③]。昔句吴[④]端委，延州俪臧。高让殆于庶几，英风亚乎颍阳[⑤]。土映黄旗之景，峦吐紫盖之祥[⑥]。岩栖赤松之馆，岫启缙云之堂[⑦]。龙符涣而夏德兴，群神萃而玉帛昌也。天包龙轸，地奄衡霍[⑧]。玄圣所游，陟方所托[⑨]。我皇晋之中兴，而骏命是廓。灵运启于中宗，天网振其绝络。于是乎源泽浩瀁，林阜隐荟。彭蠡吞江，荆牙吐濑。赴三峡之隘，洞九川之会。判五岭而分流，鼓沱潜而碎沛。逢渤灪滃[⑩]，潢漾拥涌。惊波霆激，骇浪川动。东注尾闾[⑪]，呼噏洞庭。茫若云汉，窈若青城。其山则重冈峨屼，峻岭嵦崿。阳侯[12]鳞萃，龙涛绮错。嵭茀磊砢，嵬嶢鄱薄。旁带千溪，下同万壑。苍梧之岭，峻极丹霄。潜稽禹穴，绝岸陵乔[13]。木则灌以杞梓，被以沙棠。□□□□瘣木荟于豫章。结根九疑，布叶天柱[14]。林为五岳之苑，材为八都之府。埽飞虹，亏阳景。拂白雪而增翠，凌广莫而敷颖。竹则篛风箘簬，筱荡林箊。单棘篮箣[15]，蓊蔚萧疏。贞篠捎风，劲节集雾。望之猗猗，即之倩倩。苍浪之竿，东南之箭。其林可游，其芳可荐。草则陵苕海藻，山英江蓠，纶组菁茅[16]，繁露卷施。兽则驹骖狻猊[17]，锯牙披蹄。登重巘，蹲嵘嶬[18]。噫气则风生，喷沫则雨洒，其间则有腾猿夭峤，闪倏柯杪。风母[19]果然，星流电迁。或凌虚赴绝，或缭绕希间。鸟则鹔鹏孔翠，丹穴之羽[20]。鸣凤自歌，翔鸾自舞。鱼则鲛鳣鳍鲔，比目鲑鲨。修鲲横海，澄鲸偃波。□□□□，鳄鳞霜牙。其中则有灵蛟白鼋之族，种繁六眸，类丰三足[21]。鹦螺蜕骨，寄居负壳。余泉如轮，文蚳如琢[22]。□□□□□□□，蛇公沈光于海曲。果则黄甘朱橙，杨桃琵琶。林蔚八桂之丛，色耀三珠之华。目龙荔支，王坛丹橘。尔其宝怪，则有瑶琨琅玕，青碧素珉。阳珠散火，阴甲潜珍。云英水玉，错耀龙鳞。焕若金膏，晃若烛银。琉璃冰朗而外映，珊瑚触石而构翘。牙箪裂文于象齿，火布濯秽于炎焱[23]。西岨石城，则舟车之所混并；东尽金塘，则方驾之所连箱。其中则有龙艇华屋，晨凫之舸；青雀飞舻，余皇鼓柂[24]。鹢首铺于黄宫，盘蛟缠于赤马[25]。云旆委蛇，层楼巍峨。爰有兰堂华室，高门重构。罗鼎玉食，丝竹并奏。龙骥汗血于广途，朱轮击毂而辐凑[26]。

* 此为节选。据《全上古三代秦汉三国六朝文・全晋文》第三十八卷，清严可均辑，北京：中华书局，1958年。

① 扬都：六朝人习惯称建康为扬都，即今江苏省南京市。

② 汉代马援曾南征至象浦，建金标为南极界。

③ 玄川：淮水，发源于桐柏。

④ 句吴：因春秋战国时吴国国君为句姓，故称。

⑤ 传说古代高士巢父、许由让国之后隐居于颍水。阳，水之北。以此代指巢许之典。

⑥ 黄旗：表示帝王王气之所在的祥瑞。紫盖：如车盖般的紫色云气，亦为祥瑞。

⑦ 赤松：传说中赤松子。缙云：山名，传说中黄帝曾居于此。

⑧ 衡霍：即衡山。

⑨ 陟(zhì)：登高。陟方，指天子外出巡狩。

⑩ 滏、渤、灪(yù)、滃(wēng)：均形容水势盛大。

⑪ 尾闾：古代传说中泄海水之处。

⑫ 阳侯：传说中的波涛之神，此处代指波涛。

⑬ 相传为大禹的葬地，在今浙江省绍兴之会稽山。

⑭ 天柱、九疑：均为山名，分别在今安徽潜山市、湖南省宁远县。

⑮ 簵风、箘(jūn)簬(luò)、林箊(yū)、箜：均为竹之品种。

⑯ 纶组、青茅：均为草名。

⑰ 騊(táo)駼(tú)：良马。狻(suān)猊(ní)：即狮子。

⑱ 巘(yǎn)，指大山上的小山。嶫(yè)巇(yí)：形容山势高峻。

⑲ 风母：传说中的神兽，状如猴，无毛，赤目。

⑳ 鵷鹏：状似凤凰的南方神鸟，象征美德。丹穴之羽：指凤凰，《山海经》曰：丹穴之山有鸟焉，其状如鹤，五采而文，名曰凤，首文曰德，翼文曰顺，背文曰义，膺文曰仁，腹文曰信，是鸟也，饮食自歌自舞，见则天下大安宁。

㉑ 鼋(yuán)：一种体形较大的龟。六眸：六目龟。三足：三足乌。

㉒ 余泉：白底黄纹的贝壳，为传说中的吉祥之物。蚳(chí)：传说中一种水中的动物。

㉓ 牙簟(diàn)：剖象牙为细薄长条后，编织而成的垫席。火布：即火浣布，一种石棉。

㉔ 青雀：东晋时吴国的一种船形，传说中类似于《穆天子传》所记载的天子所乘之凫舟。余皇：春秋时吴国的船名，吴国曾以此船与楚国作战。

㉕ 鹢(yì)首：鹢为一种水鸟，古代常将其形状刻在船头，象征船行的快速。赤马：孙权时名舸，其体正赤，疾如马也，故称。

㉖ 龙骧：骏马。毂：安在车轮两侧的轴上，使车轮保持直立、避免车轮内外倾

斜的设备。辐：车的辐条，三十辐为一毂。

作者简介

庾阐，字仲初，颍川人（今属河南）。好学，九岁能文。东晋元帝永昌至成帝咸和年间历任尚书郎、给事中、领著作等职。现存诗19首，多半描写山水。因其所作《扬都赋》为世人所重。

题　解

《扬都赋》是庾阐延续两汉（尤其是东汉）以来京都赋写作传统的作品，这一传统以班固《两都赋》、张衡《二京赋》和左思《三都赋》为代表。《扬都赋》具有浓厚的模仿色彩，致力于铺陈东晋都城、扬州治所建康（今江苏南京）的山川风物。该赋首先叙述扬都地貌形态之伟岸与周围山川之廓大，之后依次铺陈草木、猛兽、鸟、鱼、果、宝怪、车马等。大赋于西晋之后逐渐衰落，庾阐此赋继承多、创新少，因此在文学风气已经转变的东晋时代，反而被谢安批评为“屋下架屋”。

集　评

庾仲初作《扬都赋》成，以呈庾亮。亮以亲族之怀，大为其名价，云：“可三《二京》，四《三都》。”于此人人竞写，都下纸为之贵。谢太傅云：“不得尔，此是屋下架屋耳。事事拟学，而不免俭狭。”（《世说新语》）

观涛赋

顾恺之

临浙江以北眷①，壮沧海之宏流。水无涯而合岸②，山孤③映而若浮。既藏珍而纳景④，且激⑤波而扬涛。其中则有珊瑚明月⑥，石帆瑶瑛⑦，雕鳞采介⑧，特种奇名。崩峦填壑⑨，倾堆渐隅⑩。岑⑪有积螺，岭有悬鱼。谟[12]兹涛之为体，亦崇广而宏浚[13]；形无常而参[14]神，斯必来以知信，势刚凌以周威，质柔弱以协顺[15]。

＊ 选自《全上古三代秦汉三国六朝文·全晋文》卷一百三十五，清严可均辑，北京：中华书局，1958 年。

① 浙江：即钱塘江。眷：回头看。

② 合岸：使两岸相连。

③ 孤：孤高。

④ 藏珍：藏有珍宝。纳景：容纳天地的风景。

⑤ 激：水流震荡上涌。

⑥ 明月：指明亮的珍珠。《楚辞·九章·涉江》："被明月兮珮宝璐。"王逸注："言己背被明月之珠。"

⑦ 石帆：珊瑚虫的一种，形状类似树枝，骨骼为角质，生于海底岩礁间。瑶英：玉石的精华。张协《七命》："错以瑶英，镂以金华。"

⑧ 雕鳞：花纹丰富的鱼类。采：通"彩"，彩色。介：指有甲壳的水族动物或虫类。

⑨ 崩峦填壑：指浪涛摧崩山峦，充填沟壑。

⑩ 倾：推倒。渐：流入。隅：边远的地方。

⑪ 岑：小而高的山。

⑫ 谟：议。

⑬ 宏浚：大而深。

⑭ 参：参与，参赞。

⑮ 协顺：调和，协调。

作者简介

顾恺之(348—409)，字长康，小字虎头，晋陵无锡人(今江苏省无锡市)。东晋著名画家、绘画理论家、文人。顾恺之擅诗赋、书法，尤长于绘画。著有《画论》《魏晋胜流画赞》和《画云台山记》等画论著作。

题　解

本赋为东晋顾恺之所作，今所见存当非完篇。其主要内容是描写在钱塘江观涛之所见所想，主要从三个方面展开描写，开头陈述观者临江北望之情景，由此而实写所见山海之景，浩浩洪流，江海无涯，而青山孤秀，宛若浮于江海之上。作者转而铺陈其想象之中海涛所蕴含的丰富物产，如珊瑚、珍珠以及种种丰富而美丽的水族动物。本赋写作上的一大妙处，在于它不仅实写波涛之壮伟，更写波涛过后山峦中留存下来的海螺、鱼虾，颇有趣味。钱江潮是江南地区的代表性景观，而《观涛赋》是较早的以这一江南景观为描写对象的文学作品，其在文学史上的意义可想而知。

集　评

顾恺之的文学作品传世的并不多。能够反映他文学成就的主要是《观涛赋》和《筝赋》。（白寿彝《中国通史》）

·江南相关知识·

浙江

浙江，古书中或题作“渐水”或“浙水”等，此赋中指浙江省最大的河流钱塘江。钱塘江源出于浙、皖、赣三省边境的莲花尖，其上游新安江、兰江汇流后，往东北方向流淌，由淳安之富阳段称富春江，进而流经杭州并注入杭州湾，全长五百多公里。其下游注入杭州湾的河段农历每月朔望皆有大潮可观，而钱江潮以八月十八前后为最盛，故自古以来钱江皆有观潮之风气。

归途赋并序

谢灵运

昔文章之士，多作行旅赋。或欣在观国，或怵在斥徙，或述职邦邑，或羁役戎阵。事由于外，兴不自已。虽高才可推，求怀未惬。今量分告退，反身草泽，经涂履运，用感其心。赋曰：

承百世之庆灵①，遇千载之优渥。匪康衢之难践，谅跬步之易局②。践寒暑以推换，眷桑梓③以缅邈。褫簪带于穷城，反巾褐于空谷④。果归期于愿言，获素念于思乐。于是舟人告办，伫楫在川，观鸟候风，望景测圆，背海向溪，乘潮傍山，凄凄送归，愍愍告旋。时旻秋之杪节⑤，天既高而物衰。云上腾而雁翔，霜下沦而草腓⑥。舍阴漠之旧浦，去阳景之芳蕤。林承风而飘落，水鉴月而含辉。发青田之枉渚，逗白岸之空亭⑦。路威夷而诡状，山侧背而易形。停余舟而淹留，搜缙云⑧之遗迹。漾百里之清潭，见千仞之孤石。历古今而长在，经盛衰而不易。

* 此为节选。据《全上古三代秦汉三国六朝文·全宋文》第三十卷，清严可均辑，北京：中华书局，1958 年。

① 庆灵：庆云与灵芝，均为古代祥瑞。

② 康衢：四通八达之路。跬步：半步。

③《诗经·小弁》："惟桑与梓，必恭敬止"。桑梓常种植于宅边，因喻故乡。

④ 褫(chǐ)：剥夺。簪带：均为官宦之饰物。巾褐：隐者之饰物。

⑤ 杪(miǎo)节：季末。

⑥ 腓(féi)：枯萎。

⑦ 青田：指青田溪，为永嘉江的上流。白岸：指白安亭，旧址于今永嘉境内。

⑧ 缙云：山名，相传黄帝曾于此炼丹。

作者简介

谢灵运(385—433)，原名公义，字灵运，以字行于世。小名客儿，世称谢客。出身陈郡谢氏。晋安帝元兴二年(403)，继承祖父谢玄之爵，被封为康乐公。刘宋代晋后，降封康乐侯。元嘉十年(433)被宋文帝刘义隆所杀。谢灵运对山水诗的开创贡献颇大，注重雕琢，与颜延之并称"颜谢"，对南朝诗坛产生了极大的影响。

题解

此赋作于宋少帝景平元年(423)九月中旬,此时谢灵运不顾谢瞻等人的劝阻,称疾辞去永嘉(今浙江温州)太守之职,挂冠回故乡始宁(今浙江绍兴)隐居,在途中赏景抒怀。此赋不同于以往班超《北征赋》、蔡邕《述行赋》等奉命动身之作,因此并非"兴不自已",这体现了谢灵运极强的个性。事实上,他也自诩"才能宜参机要",而"朝廷唯以文义处之,不以应实相许",所以"常怀愤愤"。庐陵王刘义真喜爱文学,因此与谢灵运"情款异常"。然而少帝登基后,群臣认为谢灵运"非毁执政",将他排挤出京。仕途之不满、失落和激愤也能在此赋中有所体现。因此,在书写深秋时节所见之物象时,此赋回归伤秋传统,感叹江山永在、人事无常。

灵丘竹赋

江　淹

登崎岖之碧巘①,入朱宫之珑玲②。临曲江之回荡,望南山之葱青。郁春华于石岸③,艳夏采于沙汀④。远亘紫林秘野⑤,近匝玉苑禁垧⑥。于是绿�绕岫⑦,翠篁绵岭⑧,参差黛⑨色,陆离绀影⑩。上谧谧⑪而留闲,下微微而停靖。蒙朱霞之丹气,暖白日之素景⑫。故非英非蕊⑬,非香非馥⑭。珍跨仙草,宝逾灵木。夹池水而檀栾⑮,绕园塘而橚矗⑯,既间霜而无凋,亦中暑而增肃,每冠名⑰于华戎,将擅奇⑱于水陆,况有朝云之馆,行雨之宫⑲,窗峥嵘⑳而绿色,户踟蹰而临空㉑,绮疏㉒蔽而停日,朱帘开而留风,被菌簬之窈蔚㉓,结篠簜之溟濛㉔。或产鳷鹊之左,或植露寒之东㉕。此皆金舆之所出入,瑶辇之所周通㉖。

* 选自《全上古三代秦汉三国六朝文·全梁文》卷三十四,清严可均辑,北京:中华书局,1958年。

① 崎�:险阻的样子。巘:大山上的小山

② 朱宫:朱红色的宫殿。珑玲:明洁的样子。扬雄《甘泉赋》:"前殿崔巍兮,和氏珑玲。"

③ 郁:草木茂盛的样子。春华:"华"通"花",指春天的花朵。陈寿《三国志·魏志·邢颙传》:"采庶子之春华,忘家丞之秋实。"

④ 赩:大红色。夏采:夏天的花色。汀:水边的平地。

⑤ 亘:连绵不断地伸展。秘野:隐秘的郊外。

⑥ 匝:环绕。玉苑:帝王的园囿。钱起《奉和圣制登朝元阁》:"山通玉苑迥,河抱紫关明。"禁垧:帝王园囿的外围。

⑦ 筠:竹子。岫:山峰。

⑧ 篁:竹林。绵:连接不断。

⑨ 黛:青黑色。

⑩ 陆离:分散的样子。《楚辞·离骚》:"纷緫緫其离合兮,斑陆离其上下。"王逸注:"陆离,分散貌。"绀:带微红的黑色。

⑪ 谧谧:清静。

⑫ 暖:据《四部丛刊》影印明翻宋本《江文通集》知当作"暧",隐蔽。素景:陆云《喜霁赋》:"朱光播于瓮牖兮,素景衍乎中闺。"

⑬ 英、蕊:皆指花。

⑭ 香、馥:皆指香气。

⑮ 檀栾:秀美的样子,多用来形容竹。汉枚乘《梁王菟园赋》:"修竹檀栾,夹池水,旋菟园,并驰道。"

⑯ 樠矗:茂盛的样子。

⑰ 冠名:指名声远超他者。

⑱ 擅奇:指奇绝。

⑲ 朝云之馆、行雨之宫:指云雨中的馆阁。用巫山神女典,《蜀志》曰:楚襄王游高唐,梦一妇云:"我帝之女,名瑶姬,未行,封于巫山之台。"及辞去,曰:"妾巫山之阳,高丘之岨;朝为行云,暮为行雨。"

⑳ 峥嵘:幽深阴暗。鲍照《芜城赋》:"崩榛塞路,峥嵘古馗,白杨早落,寒草前衰。"

㉑ 户:单侧开的门。踟躕:相连的样子。王延寿《鲁灵光殿赋》:"西厢踟躕以

闲宴。”

㉒ 绮疏：雕刻成空心花纹的窗户。

㉓ 箘簬：箭竹，美竹。窈蔚：幽深繁茂。

㉔ 篠簜：竹子之美称。溟濛：朦胧模糊的样子。

㉕ 鳷鹊、露寒：皆宫殿名。《上林赋》曰：过鳷鹊，望露寒。

㉖ 金舆、瑶辇：皆指帝王乘坐的车驾。

作者简介

江淹(444—505)，字文通，宋州济阳考城(今河南省商丘市民权县程庄镇江集村)人。南朝政治家、文学家，历仕宋、齐、梁三朝。其作品，据《梁书·江淹传》记载“凡所著述百余篇，自撰为前后集”，《隋书·经籍志》记载“《江淹集》九卷，《江淹后集》十卷”，《旧唐书》记载是“《江淹前集》十卷，《江淹后集》十卷”。唐朝之后，大多记载为十卷。明人胡之骥注《江文通集汇注》。

题　解

《灵丘竹赋》，“灵丘”为玄武湖新林苑，地处建康附近，本赋即以皇宫附近灵丘之竹林为写作对象，对灵丘竹林参差绵延、青翠陆离的景致，以及其中幽深静谧的宫殿馆阁进行了描写，进而赞叹修竹的珍贵难得，又赞美了竹子经霜无凋、中暑增肃的坚韧品格。而其景物描写也反映出南朝早期江南文人的审美情趣。

集　评

鲍照、江淹，古之狷者也，其文急以怨。(隋王通《中说》)

鲍照、江淹，权舆已肇。(清李调元《赋话》)

(赋)江淹为最贤，其源出于屈平《九歌》，其掩抑沈怨，泠泠轻轻，其纵脱浮宕而归大常。(清张惠言《七十家赋钞》)

《醴陵集》如上界琪花，别成奇采。(清钱振伦《江鲍二家文钞·序》)

思归赋并序

谢 朓

夫鉴①之积也无厚，而纳穷神之照。心之径也有域，而怀重渊②之深。余少而薄游，身□防方思□俄然万里，晚自□省，谅非一途。何则(此后阙)

余菲薄③以固陋，受灵恩而不訾；拖银黄④之沃若，剖金符⑤之陆离。舟未济而河广，途方遥而马疲；忽中寝而念厉，魂申旦⑥而九移。昔受教于君子，逢知己之隆眄，被名立之羽仪，沾宦成之藻绚。羌服义⑦而不怠，岂临歧⑧而渝变；势方迅于转圆，理好旋于奔电。援弱葛而能升，践重冈而不眩；信禔是福之非已，宁悔祸其如见。大明廓以高临，吹万忻而同悦；跨神皋之沃衍，奉英藩之睿智。承比屋之隆化，踵芳尘之余烈。怀龌龊之褊心⑨，无夸毗⑩之诞节；竟伊郁⑪而不怡，赖遐讨于先哲。纷吾生之游荡，弥一纪⑫而历兹。自下车于江海，涉青春于是时；眷崇冈而引领，望大夏而长思。虽曲街之委陋，犹寤寐而见之；况神交而通梦，眇河汉于佳期。尔乃眷言兴慕，南眺悠然；将整归辔，愿受一廛⑬。考华城之直陌，相洛浦⑭之回阡；连飞甍⑮于故友，接闲馆以怀仙。临南场以艺藿，寄北池而采莲；睇微茎之霍霍，望水叶之田田。乃翦山木，不日为功；非轮非奂，去斫去砻。夜索绹而绕绕，旦乘屋而芃芃⑯。竹棂踦区而经北，绳閈窈窕以临东；布菌萧于踈橑，织荧蒯于回栊。于是篱插芳槿，门拂长杨；园桃春发，窗竹夏凉。晨露晞而草馥，微风起而树香。无芬菲以袭予，空旖旎于都房。恒离居以岁月，庸销落而徒伤。我闻时命，有殖无迁；征事或在，求理未甄。譬丰草之区别，随霜露而夭延；背萱鲜于堂北，尚幽幽而未捐。苟外物以能惑，亦在应而无骞；况朝霞之采可咽，琼扉之饰方宣！养以虚白⑰之气，悟以无生之篇⑱；岂加璧之赠[19]可动，执珪之位[20]能缠！归来薄暮，聊以永年。

* 选自《谢宣城集校注》卷一，曹融南校注集说，上海古籍出版社，1991年。

① 鉴：镜子。

② 重渊：深渊，水深的地方。

③ 菲薄：鄙薄，鄙贱。

④ 银黄：用银或金铸的印章。

⑤ 金符：古代帝王授予臣属的信物，包括铜虎符、金鱼符、金符牌等。

⑥ 申旦：从夜晚到天亮。

⑦ 服义：遵行仁义。

⑧ 临岐：岐，通“歧”。临岐，指相送至歧路而分别。

⑨ 褊心：心胸狭窄且性情急躁。

⑩ 夸毗：躬身屈足以顺从人。

⑪ 伊郁：忧烦郁结。

⑫ 一纪：古代指十二年。

⑬ 一廛：古时一个成人定居、自给自足所需的土地，约百亩之地。

⑭ 洛浦：洛水之滨。

⑮ 飞甍：甍，屋脊。飞甍比喻高大的屋宇。

⑯ 芃芃：繁茂的样子。

⑰ 虚白：比喻心中恬静空明。

⑱ 无生之篇：大乘佛教中观派认为没有任何现象是真实的，所以一般所谓“生出某东西”的概念，在实际上是不存在的。《中观》：“诸法不自生，亦不从他生，不共不无因，是故知无生。”

⑲ 加璧之赠：即“束帛加璧”，古代表示贵重的礼物。

⑳ 执珪之位：执珪本是先秦时楚国的爵位名，珪以区分爵位等级，使执珪而朝，故名。后泛指封爵。

作者简介

谢朓(464—499)，字玄晖，陈郡阳夏(今河南太康县)人。南朝齐杰出的山水诗人，出身高门士族，与“大谢”谢灵运同族，世称“小谢”。曾与沈约等共创“永明体”。今存诗二百余首，多描写山水自然，间亦直抒怀抱，有《晚登三山还望京邑》《之宣城郡出新林浦向板桥》《游东田》等诗作名世。《隋书·经籍志》有《谢朓集》十二卷,《谢朓逸集》一卷,均散佚。明人收集遗佚,重为编定,刻本甚多。通行本为《四部丛刊》影明抄本。今人郝立权有《谢宣城诗注》,曹融南有《谢宣城集校注》。

题 解

此赋当作于南朝齐建武四年(497),谢朓辅佐萧宝义(萧鸾长子)任南东海太守时,抒发思归建康之意。赋中云“弥一纪而历兹”,说明出仕已满十二年了。赋文开头即表示皇恩浩荡,自己沾荷皇恩来辅佐“英藩”;同时,也为自己“临岐而渝变”进行了开脱、辩护,说不是自己善变,而是时局变化太大、太快之故,这也透露出在永明末年政变以后,萧子良、萧子隆被杀之后谢朓投奔萧鸾的苦衷。赋的第二段写思归的心愿,反映出谢朓想过普通百姓的生活,而这愿望的背后则应当是他对政变中血腥杀戮的忌惮。第三段写心念故土,可身不由己,就只能树萱草以忘忧、借佛老以消愁。其中以清丽的语言表达了对归隐生活的怀想,情致动人。

吴城赋

吴 均

古树荒烟,几百千年,云是吴王所筑,越王所迁。东有铸剑残水①,西有舞鹤故墟②。萦具区③之广泽,带姑苏④之远山。仆本蓄怨,千悲亿恨,况复荆棘萧森,丛萝弥蔓。亭梧百尺,皆是历地而生枝;阶筠⑤万丈,或至杪⑥而无叶。不见春荷夏槿,唯闻秋蝉冬蝶,木魅⑦晨走,山鬼夜惊⑧。不知九州四海,乃复有此吴城。

* 选自《全上古三代秦汉三国六朝文·全梁文》卷六十,清严可均校辑,中华书局,1958年。

梁園飛雪
庚子秋暮邗上袁江畫

歸塗賦

答文章之士、多作行旅賦、或欣在觀國。或怵在斥徒。或述職邦邑。或羈役戎陳。事由于外。興不自己。雖高才可推。求懷未愜。今量分告退。反身草澤。經塗履運。用感其心。賦曰、

承百世之慶靈、遇千載之優渥、匪康衢之難踐諒跬步之易局、踐寒暑以推換、眷桑梓以緬邈、褫簪帶于窮城、反巾褐于空谷、果歸期于願言、獲素念于思樂、于是舟人告辦、佇楫在川、觀鳥候風、望景測圓、背海向溪、乘潮傍山、悽悽送歸、悠悠告旋、時旻秋之杪節、天既高而物衰、雲上

者对历史兴衰变迁的深沉感喟。末句将吊古之眼光引向当下，抚昔伤今，情致宛然。

集　评

文体清拔有古气。（姚察、姚思廉《梁书·吴均传》）

·江南相关知识·

1. 江南铸剑

江南铸剑是发生于春秋时期的故事，其主角干将、莫邪均生活于吴地，此故事载于《吴越春秋·阖闾内传》：阖闾请干将铸名剑二枚，干将者，吴人也。与欧冶子同师，俱能为剑。越前来献三枚，阖闾得而宝之，以故使剑匠作为二枚：一曰干将，二曰莫邪。莫邪，干将之妻也。干将作剑，采五山之铁精，六合之金英，候天伺地，阴阳同光，百神临观，天气下降，而金铁之精不销沦流。于是干将不知其由。莫邪曰："子以善为剑闻于王，使子作剑，三月不成，其有意乎？"干将曰："吾不知其理也。"莫邪曰："夫神物之化，须人而成。今夫子作剑，得无得其人而后成乎？"干将曰："昔吾师作冶，金铁之类不销，夫妻俱入冶炉中，然后成物。至今后世，即山作冶，麻服，然后敢铸金于山。今吾作剑不变化者，其若斯耶？"莫邪曰："师知炼身以成物，吾何难哉？"于是干将妻乃断发剪爪，投于炉中，使童女童男三百人鼓橐装炭，金铁乃濡，遂以成剑，阳曰干将，阴曰莫邪，阳作龟文，阴作漫理。

2. 吴王舞鹤

吴王舞鹤的故事发生于江南之地，其中蕴含着对于王室与平民的生命价值的辩证关系的历史思考。《吴越春秋·阖闾内传四》载：吴王有女滕玉，因谋伐楚，与夫人及女会蒸鱼，王前尝半而与女，女怒曰："王食鱼辱我，不忍久生。"乃自杀。阖闾痛之，葬于国西阊门。外凿池积土，文石为椁，题凑为中，金鼎玉杯、银樽珠襦之宝，皆以送女。乃舞白鹤于吴市中。

① 此句指干将铸剑。据《吴越春秋·阖闾内传四》载，春秋时吴人干将与妻子莫邪善铸剑，铸有二剑，锋利无比，一名干将，一名莫邪，献给了吴王阖闾。

② 舞鹤：典出《吴越春秋·阖闾内传四》，其载：吴王有女滕玉，因谋伐楚，与夫人及女会蒸鱼，王前尝半而与女，女怒曰："王食鱼辱我，不忘久生。"乃自杀，阖闾痛之，葬于国西阊门，外凿池积土，文石为椁，题凑为中，金鼎玉杯、银樽珠襦之宝，皆以送女，乃舞白鹤于吴市中，令万民随而观之，还使男女与鹤俱入羡门，因发机以掩之，杀生以送死，国人非之。廛：古代城市平民的房地。

③ 具区：太湖，又称震泽、笠泽、五湖等。《尔雅·释地》："吴越之间有具区。"《山海经·南山经》："浮玉之山，北望具区。"晋郭璞注："具区，今吴县西南太湖也。"

④ 姑苏：姑苏山。在苏州市西南，上有姑苏台，相传为吴王阖闾或夫差所筑，登之可望五湖。

⑤ 阶�：台阶旁的竹子。

⑥ 杪：树梢，末端。

⑦ 木魅：树木的精怪。

⑧ 此句化用鲍照《芜城赋》"木魅山鬼，野鼠城狐，风嗥雨啸，昏见晨趋"的语意。

作者简介

吴均，字叔庠，南朝梁文学家、史学家，吴兴故鄣（今浙江安吉）人。著有《齐春秋》三十卷、《庙记》十卷、《十二州记》十二卷、《钱塘先贤传》五卷，注释范晔《后汉书》九十卷等，皆已散佚。今传书信《与施从事书》《与朱元思书》《与顾章书》，文笔清拔，韵味隽永；《隋书·经籍志》录有《吴均集》二十卷，已佚。明人张溥辑有《吴朝请集》。

题　解

《吴城赋》今存一段，疑为残文。作者先运用"铸剑""舞鹤"的典故，简要交代了吴城的悠久历史和地理位置，然后用动植物的种种意象极力渲染出一种荒怪、萧瑟、凄清甚至可怖的氛围，与传统都邑赋所描写的雄伟壮丽和繁华热闹截然不同。在对古城风貌的描绘中，能够深切感受到作

出沒爭浮騰龍掣水巨鱗吞舟藝文類聚八

涉江賦

發中州之曲汜背石頭之岩岨遡晨風而遙邁乘濤波而容與于是時也夕日昏天吳駭奔陽侯漂海若泛江豚□□□爾乃雲霧勃起風流溷淆排嵒拒瀨觸石興濤澎湃洗潗鬱怒咆哮迴連波以岳隆鑿后土而川宵總百川之殊勢集朝宗乎滄浪注天波于析木瀲東極乎扶桑體含弘而彌泰道謙尊而逾光齊山海以比量冠百谷而稱王此則水之勢也且夫山川瓌怪水物含靈鱗千其族羽萬其名毛羣詭觀倮類殊形明月晞光以夕耀金沙逐波而吐瑛撫櫼中流汨徂西土過乎歷陽之津迄乎橫江之浦若乃越三江之下口眇濡須以逕渡邈天險之遐勢歷習坎之重固川瀆泓澄以含景山水渾瀜而鱗布藝文類聚八

揚都賦

夏禹玉溪庄秋霽圖
六月五日耕煙散人王翚

令万民随而观之，还使男女与鹤俱入羡门，因发机以掩之。杀生以送死，国人非之。

晚春赋

萧　纲

待余春[①]于北阁，藉高宴[②]于南陂[③]。水筛空而照底，风入树而香枝。嗟时序之回斡[④]，叹物候之推移。望初篁[⑤]之傍岭，爱新荷之发池。石凭波而倒植，林隐日而横垂。见游鱼之戏藻，听惊鸟之鸣雌[⑥]。树临流而影动，岩薄暮而云披。既浪激而沙游，亦苔生而径危。

＊ 选自《全上古三代秦汉三国六朝文·全梁文》卷八，清严可均校辑，中华书局，1958 年。

① 余春：晚春。

② 高宴：高谈，聚谈。

③ 陂：池塘水岸。

④ 回斡：旋转，回转。

⑤ 初篁：初生的竹子。

⑥ 惊鸟鸣雌：育雏的鸟儿受到惊吓，为雏鸟而担心地鸣叫。

作者简介

萧纲(503—551)，即梁简文帝，字世缵，小字六通，南兰陵(今江苏武进)人，梁武帝萧衍第三子，昭明太子萧统同母弟。原有集，已散佚，后人辑有《梁简文帝集》。

题　解

“春赋”是梁代宫体作家们同题共咏的习见题目，诗、赋中均多见，典型如萧纲、萧绎、庾信、萧悫等。《晚春赋》即是其中之一。江南生机勃勃的浪漫春景，在这篇赋文中被撷取而呈现出来，它们组构为一幅幅亦动亦静的白描画面，无处不寄寓着作者对江南春色的敏锐之心、欣喜之情、诗意之思。

采莲赋

萧　绎

紫茎兮文波，红莲兮芰荷①。绿房兮翠盖，素实兮黄螺②。于时妖童媛女，荡舟心许，鹢首徐回，兼传羽杯③。棹将移而藻挂，船欲动而萍开。尔其纤腰束素，迁延顾步。夏始春余，叶嫩花初。恐沾裳而浅笑，畏倾船而敛裾。故以水溅兰桡，芦侵罗袴④。菊泽未反，梧台迥见，荇湿沾衫，菱长绕钏。泛柏舟而容与⑤，歌采莲于枉渚。歌曰："碧玉小家女，来嫁汝南王⑥。莲花乱脸色，荷叶杂衣香。因持荐君子，愿袭芙蓉裳。"

* 选自《全上古三代秦汉三国六朝文·全梁文》卷十五，清严可均校辑，中华书局，1959年。

① 此两句语出《楚辞·招魂》："紫茎屏风，文缘波些"。文：同"纹"，水纹。芰荷：出水的荷叶。

② 绿房：莲蓬，莲房。素实：莲心。黄螺：莲子，如黄色螺形。

③ 鹢首：船头。鹢，一种大鸟，古代常被画在船头作装饰。羽杯：一种雀形酒杯，因有头尾羽翼而称。

④ 兰桡：用兰木做的船桨。罗袴：丝罗制成的垫褥。袴，同"荐"，草垫子。

⑤ 容与：迟缓而从容的样子。

⑥ 碧玉：《乐府诗集》卷四五"碧玉歌三首"下引《乐苑》曰："碧玉，汝南王妾名。"今存《碧玉歌》中有"碧玉小家女，不敢攀贵德"句。汝南王：有记载是（刘）宋时宗王，也有记载是晋时宗王。从诗歌风格看，当是刘宋时人。

作者简介

萧绎(508—555),即梁元帝(552—554 在位),字世诚,小字七符,自号金楼子,南兰陵(今江苏常州)人。梁武帝萧衍第七子,梁简文帝萧纲之弟。萧绎的五言、七言、杂言等诗,现存 109 题 119 首。原有集,已散佚。后人辑有《梁元帝集》,又有《金楼子》六卷辑本。

题 解

采莲是最能代表江南情致的活动之一,也是一个古老的文学题材。汉乐府中就有“江南可采莲”的诗篇,后来曹植、潘岳、鲍照、江淹、萧纲等均有咏莲的赋作,但萧绎《采莲赋》的不同在于,他将前代文人咏物的题材转变为刻画女性在采莲时的动人情态,这是宫体小赋的代表风格,也反映了六朝后期赋在艺术形式上的高度精巧化。江南丰茂的植物,氤氲的水汽,妖童媛女,荡舟而歌,其中不仅蕴含着青春的心曲,也是一幅情灵摇荡的江南采莲图。

春 赋

庾 信

宜春苑中春已归,披香殿里作春衣①。新年鸟声千种啭,二月杨花满路飞。河阳一县并是花,金谷从来满园树②。一丛香草足碍人,数尺游丝即横路。开上林而竞入,拥河桥而争渡③。

出丽华之金屋,下飞燕之兰宫④。钗朵多而讶重,髻鬟高而畏风。眉将柳而争绿,面共桃而竞红。影来池里,花落衫中。

苔始绿而藏鱼,麦才青而覆雉⑤。吹箫弄玉之台,鸣佩凌波之水⑥。移戚里而家富,入新丰而酒美。石榴聊泛,蒲桃酦醅⑦。芙蓉玉碗,莲子金杯。新芽竹笋,细核杨梅。绿珠捧琴至,文君送酒来⑧。

玉管初调，鸣弦暂抚。《阳春》《绿水》之曲⑨，对凤回鸾之舞。更炙笙簧，还移筝柱⑩。月入歌扇，花承节鼓⑪。协律都尉，射雉中郎⑫。停车小苑，连骑长杨⑬。金鞍始被，柘弓新张。拂尘看马埒⑭，分朋入射堂。马是天池之龙种，带乃荆山之玉梁⑮。艳锦安天鹿，新绫织凤凰。

三日曲水向河津，日晚河边多解神⑯。树下流杯客，沙头渡水人。镂薄⑰窄衫袖，穿珠帖领巾。百丈山头日欲斜，三晡⑱未醉莫还家。池中水影悬胜镜，屋里衣香不如花。

* 选自《庾子山集注》，清倪璠注，许逸民校点，中华书局，1980 年。

① 宜春苑：本为秦离宫御苑，地在长安城东南。披香殿：汉宫阙名，由芳香四披得名。此处泛指风景宜人的园林。

② 西晋潘岳做河阳令，于县内遍植桃花，故春天桃花满县。金谷：西晋豪富石崇的花园，地在今河南洛阳市东南，以建筑规模宏大，遍植名树异花著名。

③ 上林：汉代皇家林苑名，其地方圆三百里，苑中养百兽，有名果异卉三千余种。河桥：晋代杜预以孟津渡险，曾于富平津建黄河之桥。

④ 丽华：即阴丽华，东汉光武帝刘秀之后，以貌美著称。金屋：极言屋之华丽。汉武帝少时，曾有愿以金屋珍藏其表妹陈阿娇的誓言。飞燕：汉成帝后赵飞燕善歌舞，体轻如燕，时号“飞燕”。兰宫：芳香高雅的宫室。

⑤ 覆：覆盖、掩藏。雉：鹑鸟类。

⑥ 弄玉：《列仙传》中说，萧史善吹箫，秦穆公之女弄玉善为凤鸣，夫妻两人居于凤凰台上。凌波：起伏的波浪，亦指女性轻盈的步履。

⑦ 石榴聊泛：用石榴汁制成美酒。蒲桃酦醅：蒲桃即“葡萄”。酦醅指重酿未滤之酒。

⑧ 绿珠：西晋豪富石崇宠姬，以美艳、善吹笛著称。文君：卓文君因悦慕司马相如之才而与之相合，曾因生活困窘而与司马相如当垆沽酒。

⑨ 阳春、绿水：皆为与春天有关的古乐曲名。

⑩ 更：又。炙：烧烤、熏陶。笙簧：两种古代乐器。《尔雅》：“大笙谓之簧。”筝：古乐器。柱：乐器上的弦枕木。

⑪ 月入歌扇：化用班婕妤所作《团扇》诗“裁为合欢扇，团圆似明月”句。节鼓：节制音乐节奏的古乐器。

⑫ 协律都尉：李延年为汉武帝时代协律都尉，是中央政府主管乐府的官员。射雉中郎：西晋潘岳有《射雉赋》，又曾做虎贲中郎，故有“射雉中郎”之称。

⑬ 长杨：汉长杨宫有长杨榭，为天子秋冬校猎场所。

⑭ 马埒：指习射的驰道，两侧有矮墙，使马不致逃逸。

⑮ 带乃荆山之玉梁：卞和玉出于荆山，故称玉带。

⑯ 三日曲水：指三月三日聚集在环曲水渠之旁进行的流觞宴饮活动，出自《晋书·束皙传》。解神：祈神还愿。

⑰ 镂薄：刻金薄（金箔），一种妇女的装饰。《荆楚岁时记》：“一月七日为人日，以七种菜为羹。剪彩为人，或镂金薄为人，以贴屏风，亦戴之头鬓。”

⑱ 三晡：傍晚时分。晡：午后申时。

作者简介

庾信（513—581），字子山，小字兰成。南阳新野（今河南新野）人。南北朝时期著名文学家，其家“七世举秀才”“五代有文集”。明人张溥辑有《庾开府集》。以《枯树赋》《哀江南赋》等篇著名。

题　解

《春赋》是庾信早期在江南的代表作品。赋以流金溢彩的景色，温暖欢洽的气氛，柔曼绮丽的情调，飞动流转的节奏，雍容华贵的做派，描绘和融春意下门阀士族的快意人生。辞藻备极绚丽，对仗工整，引用典故，物象充盈，充分表现了六朝的绮靡文风。《梁简文帝集》中有《晚春赋》，《元帝集》有《春赋》，赋中多有类七言诗者，与庾信同调。唐王勃、骆宾王亦尝为之。

哀江南赋并序①

庾　信

粤以戊辰之年，建亥之月，大盗移国，金陵瓦解②。余乃窜身荒谷③，公私涂炭。华阳奔命，有去无归④。中兴道销，穷于甲戌⑤。

三日哭于都亭，三年囚于别馆[6]。天道周星，物极不反。傅燮之但悲身世，无处求生[7]；袁安之每念王室，自然流涕[8]。昔桓君山之志事，杜元凯之平生，并有著书，咸能自序[9]。潘岳之文采，始述家风；陆机之辞赋，先陈世德。[10]信年始二毛，即逢丧乱，藐是流离，至于暮齿[11]。燕歌远别，悲不自胜；楚老相逢，泣将何及[12]！畏南山之雨，忽践秦庭；让东海之滨，遂餐周粟[13]。下亭漂泊，高桥羁旅[14]。楚歌非取乐之方，鲁酒无忘忧之用[15]。追为此赋，聊以记言，不无危苦之辞，惟以悲哀为主[16]。

日暮途远，人间何世[17]！将军一去，大树飘零；壮士不还，寒风萧瑟。荆壁睨柱，受连城而见欺[18]；载书横阶，捧珠盘而不定[19]。钟仪君子，入就南冠之囚[20]；季孙行人，留守西河之馆[21]。申包胥之顿地，碎之以首；蔡威公之泪尽，加之以血[22]。钓台移柳，非玉关之可望；华亭鹤唳，岂河桥之可闻[23]！

孙策以天下为三分，众才一旅；项籍用江东之子弟，人惟八千。遂乃分裂山河，宰割天下[24]。岂有百万义师，一朝卷甲，芟夷斩伐，如草木焉！江淮无涯岸之阻，亭壁无藩篱之固。头会箕敛者，合纵缔交；锄耰棘矜者，因利乘便[25]。将非江表王气，终于三百年乎[26]？是知并吞六合，不免轵道之灾[27]；混一车书，无救平阳之祸[28]。呜呼！山岳崩颓，既履危亡之运；春秋迭代，必有去故之悲。天意人事，可以凄怆伤心者矣！况复舟楫路穷，星汉非乘槎可上；风飙道阻，蓬莱无可到之期[29]。穷者欲达其言，劳者须歌其事[30]。陆士衡闻而抚掌，是所甘心；张平子见而陋之，固其宜矣[31]。

* 选自《庾子山集》卷一，四部丛刊景明屠隆本。

① 庾信的《哀江南赋》作于羁留北朝期间，“哀江南”语出《楚辞·招魂》：“魂兮归来哀江南”句。

② 粤：同“曰”，发语辞。戊辰：梁武帝太清二年(548)。建亥之月：农历十月。

大盗移国：语见《后汉书·光武帝纪赞》，谓王莽篡位，此指侯景作乱。侯景于太清二年八月举兵反，十月攻陷建康（即金陵，今江苏南京），梁武帝饿死台城。侯景先立简文帝萧纲，继立豫章王萧栋，旋又废萧栋自立。后为梁将陈霸先、王僧辩所败，被部将所杀。

③ 荒谷：《左传·桓公十三年》："莫敖缢于荒谷。"杜预注："荒谷，楚地。"在今湖北江陵县西。此借指江陵。《北史·庾信传》：侯景作乱，梁简文帝命信率宫中文武千余人，营于朱雀航。及景至，信以众先退。台城陷后，信奔于江陵。

④ "华阳"二句：华阳，指江陵。江陵在华山之南，山南为阳，故称。奔命，指奉命出使。建康陷落后，梁元帝萧绎在江陵自立。承圣三年(554)，命庾信出使西魏，是年十一月，西魏攻陷江陵，元帝被杀，庾信从此被羁留北方，故曰"有去无归"。

⑤ "中兴"二句：中兴，指梁元帝即位，平侯景之乱。嗣后被杀。道销，国运销亡。穷于甲戌：承圣三年(554)，西魏攻陷江陵，元帝被杀。

⑥ "三日"二句：《晋书·罗宪传》载：宪为蜀守永安城，"知刘禅降，乃率所统临于都亭三日。"临，哭。都亭，外城的驿亭。上句用此典，借喻自己对梁亡的哀痛。三日是虚指，言其多。《左传·昭公二十三年》："晋人来讨，叔孙蜡如晋，晋人执之……乃馆诸箕。"箕，晋国别都，在今山西蒲县东北。馆，这里意为隔离软禁。引用此典故，取其出使被囚这一层意思。三年也是虚指，非实数。

⑦ "傅燮"二句：《后汉书·傅燮传》载：傅燮字南容，汉阳太守。王国、韩遂等围攻汉阳，城中兵少粮尽。其子幹劝他弃郡归乡，将来别辅明主。傅燮慨然而叹："世乱不能养浩然之志，食禄又欲避其难乎？吾行何之，必死于此！"遂麾左右进兵，临阵战殁。这两句用的是傅燮悲叹自己的遭遇，及"吾行何之，必死于此"之意。

⑧ "袁安"二句：《后汉书·袁安传》：袁安字邵公，官司徒。和帝时"安以天子幼弱，外戚擅权，每朝会进见，及与公卿言国家事，未尝不噫呜流涕"。这两句悲叹梁朝的覆亡。

⑨ "昔桓君山"四句：《后汉书·桓谭传》："桓谭字君山。著书言当世行事二十九篇，号曰《新论》。"《晋书·杜预传》："杜预，字元凯。既立功之后，从容无事，乃耽思经籍，为《春秋左氏经传集解》。"志事，有志于事业。自序，叙述自己生平的文章。

⑩ "潘岳"四句：潘岳，字安仁，西晋诗人，作有《家风诗》。《世说新语·文学》："潘因此遂作《家风诗》。"刘孝标注："岳《家风诗》载其宗祖之德，及自戒也。"陆机，字士衡，西晋文学家，其祖父陆逊、父陆抗均为东吴名将。机有《祖德赋》《述先赋》

述其祖先功德。

⑪“信年”四句：二毛，头发斑白。丧乱，指梁朝的变故。侯景攻陷台城为公元549年，庾信三十七岁；西魏陷江陵为554年，庾信四十二岁，正值中年，故头发已花白。藐，通“邈”，远。暮齿，晚年。

⑫《燕歌行》：乐府平调曲名，以曹丕所作二首为最早，言时序迁换，行役不归，妇人怨旷无所诉也。燕，地名。《北史·王褒传》：“褒曾作《燕歌》，妙尽塞北寒苦之状，元帝及诸文士并和之，而竞为凄切之辞。”以为西魏入侵，元帝出降之征验。庾信亦有和作一篇。此言作者远别故国，悲不自胜。“楚老”二句：《列子·周穆王》：“燕人生于燕，长于楚，及老而还本国。过晋国，同行者诳之，指城曰：‘此燕国之城。’其人愀然变容。指社曰：‘此若里之社。’乃喟然而叹。指舍曰：‘此若先人之庐。’乃涓然而泣。指垅曰：‘此若先人之冢。’其人哭不自禁。”此言思念故国，唯有悲泣。

⑬“畏南山”二句：《列女传·贤明传·陶答子妻》：“妾闻南山有玄豹，雾雨七日而不下食者，何也？欲以泽其毛而成文章也，故藏而远害。”忽，匆匆。秦庭，指西魏都城长安，旧为秦地。此两句说，自己本有隐居远害之志，然国事危急，不得不匆匆出使西魏。“让东海”二句：《史记·齐太公世家》：(齐康公)十九年，田常曾孙田和始为诸侯，迁康公海滨。此指宇文觉篡代西魏建立北周的事，但作者这里不说篡代而说“让”(禅让)。庾信在北周做官，故不直言篡夺。这也是庾信所亲历的一件大事，不在赋本文范围之内，故在序里带叙一笔。“遂餐周粟”，反用伯夷、叔齐耻食周粟事，点出他在北周做官。“北周”与“姬周”也是巧合。

⑭下亭：《后汉书·独行列传·范式传》：“孔嵩辟公府，之京师，道宿下亭，盗共窃其马。”这句说途中之狼狈。高桥：《后汉书·逸民·梁鸿传》：梁鸿至吴(今江苏苏州)，依大家皋伯通，居庑下(堂下周围的廊屋)，为人赁舂。高桥，一作“皋桥”，在苏州阊门内。这句说自己在他乡作客，寄人篱下。

⑮楚歌：《史记·留侯世家》：汉高祖欲废太子，立戚夫人子赵王如意。张良定计请商山四皓辅太子，高祖认为太子羽翼已成，很难动摇，以告戚夫人。戚夫人泣。上(高祖)曰：“为我楚舞，吾为若楚歌。”一歌数阕，戚夫人嘘唏流涕，上起去，罢酒。鲁酒：鲁国所酿的酒。《庄子·胠箧》：“鲁酒薄而邯郸围。”唐陆德明《经典释文·庄子音义》引汉许慎注《淮南子·缪称训》云：“楚会诸侯，鲁、赵俱献酒于楚王，鲁酒薄而赵酒厚。楚之主酒吏求酒于赵，赵不与。吏怒，乃以赵厚酒易鲁薄酒，奏之。楚王以赵酒薄，故围邯郸(赵国都城)也。”后世遂以鲁酒为

薄酒。

⑯ 嵇康《琴赋》:“称其材干,则以危苦为上;赋其声音,则以悲哀为主。”

⑰《史记·伍子胥列传》:“吾日暮途远,吾故倒行而逆施之。”人间世,《庄子·人间世》王先谦集解云:“谓当世也。”

⑱“荆璧”二句:《史记·廉颇蔺相如列传》载:赵惠文王得楚(即“荆”)和氏璧,秦昭王闻之,愿以十五城易璧,赵王遂使蔺相如奉璧入秦。秦王大喜,传以示美人及左右。相如见秦王无意以城予赵,“乃前曰:‘璧有瑕,请指示王。’王授璧,相如因持璧却立,倚柱,怒发上冲冠,谓秦王曰:‘……臣观大王无意偿赵王城邑,故臣复取璧。大王必欲杀臣,臣头今与璧俱碎于柱矣!’相如持其璧睨柱,欲以击柱,秦王恐其破璧,乃辞谢,固请,召有司案图,指从此以往十五都予赵”。此句言蔺相如出使秦国,不曾被秦王欺侮,而自己出使西魏却被拘留而不得归。

⑲“载书”二句:《史记·平原君列传》:平原君与楚合从,言其利害,日出而言之,日中不决。毛遂按剑历阶而上。责楚王。楚王曰:“唯唯,诚若先生之言,谨奉社稷而以从。”毛遂谓楚王之左右曰:“取鸡狗马之血来!”毛遂奉铜盘而跪进之。楚王曰:“王当歃血而定从,次者吾君,次者遂。”遂定从于殿上。载书,盟书。珠盘,诸侯盟誓用器,以盛牛耳。此句反用毛遂故事,说自己出使西魏没有完成使命。

⑳“钟仪”二句:《左传》载:成公七年,楚子重伐郑,囚钟仪,献于晋,晋人囚之于军府。成公九年,晋侯观于军府,见钟仪问之曰:“南冠而絷者谁也?”有司对曰:“郑人所献楚囚也。”使税之。召而吊之。再拜稽首。问其族,对曰:“伶人也。”使与之琴,操南音。文子曰:“楚囚,君子也……君盍归之,使合晋、楚之成。”公从之,重为之礼,使归求成。此二句以钟仪自比,言己本楚人,而羁留魏、周,如南冠之囚,且不得释归,连楚囚也不如。

㉑“季孙”二句:《左传·昭公十三年》载,诸侯盟于平丘,晋侯不准鲁昭公与盟,并逮捕其卿季孙意如,带回晋国,后欲释放,而季孙欲得盟会相送之礼然后去,使得晋国方面感到为难,辗转设法叫叔鱼去劝季孙,说听见官吏们讲“将为子除馆于西河”,西河是晋的西部边境,离鲁国更远,季孙害怕远,就赶紧回去了。行人,使者。此二句以季孙自比,说自己出使西魏,不得南归,而被留于长安。

㉒“申包胥”四句:《左传·定公四年》载,吴伐楚,攻入郢都(楚都,今湖北江陵北十里之纪南城)。楚大夫申包胥至秦请救兵,“立,依于庭墙而哭,日夜不绝声,勺饮不入口七日”。终于感动秦哀公答应出兵。申包胥在地下叩了九个头表示感

谢,这才坐下。刘向《说苑·权谋》:蔡威公闭门而泣,三日三夜,泣尽而继之以血,曰:“吾国且亡!”这里说自己未能感动西魏,使梁免于灭亡,对梁亡非常伤心。

㉓“钓台”四句:钓台在武昌(今湖北省武汉市)西北。移,应作“移”,杨树。玉关,玉门关。华亭,在今上海市松江县境,为陆机家乡。陆机被害之前说:“华亭鹤唳,岂可复闻乎?”河桥是陆机被害的地方,在今河南境内。

㉔“孙策”六句:孙策字伯符。《三国志·吴志·孙策传》:“(袁)术表策为折中校尉,兵才千余,骑数十匹,宾客愿从者数百人。”又《陆逊传》:“昔桓王(孙策卒后追谥长沙桓王)创基,兵不一旅,而开大业。”言孙策兵少。《史记·项羽本纪》:籍字羽,随其季父起事反秦,“举吴中兵,使人收下县(吴郡四周诸县),得精兵八千人”。亦言其兵不多。贾谊《过秦论》:“秦有余力而制其弊,追亡逐北,伏尸百万,流血漂橹。因利乘便,宰割天下,分裂河山。”这几句说孙策、项羽只用极少兵力就能割据一方。此引用江东英雄故事,以反衬下文“百万义师,一朝卷甲,芟夷斩伐,如草木焉”的不堪。《南史·侯景传》:“初,援兵至北岸,众号百万,百姓扶老携幼,以候王师。才过淮,便竞剥掠,征责金银,列营而立,互相疑贰。邵陵王纶、柳仲礼(均梁将帅,下同)甚于仇敌,临城公大连、永安侯确逾于水火,无有斗心。”故诸将出战,连战连败。直至侯景陷台城,援兵并散。《侯景传》又载:“先是景每出师,戒诸将曰:‘吾破城邑,净杀却,使天下知吾威名。故诸将以杀人为戏笑。’”此句说侯景像除草伐木一样地屠杀兵士和人民。

㉕“头会”四句:《史记·张耳陈馀列传》:“头会箕敛,以供军费。”言家家按人头数出谷,以簸箕来装,此指下层官吏。下句见贾谊《过秦论》:“以致天下之士,合从(纵)缔交,相与为一。”锄耰,农具。棘矜,矛戟的柄。此指用低劣武器的人民。此句并下句亦见于《过秦论》。这里是说下层官吏和人民,并乘梁朝衰弱混乱之机,起兵夺了梁朝天下。

㉖“将非”二句:江表,江南,这里专指金陵。《史记·高祖本纪》载:秦始皇常曰“东南有天子气”。此言江表王气将终,意即梁朝气数将尽。自孙权建都建邺起,至东晋、宋、齐至梁亡,共二百九十二年,三百年是举其成数。

㉗“是知”二句:并吞六合,即兼并天下。轵道之灾,《史记·高祖本纪》:“沛公兵遂先诸侯至霸上,秦王子婴素车白马,系颈以组,封皇帝玺符节,降轵道旁。”轵道,在今陕西西安市东北。

㉘“混一”二句:指统一天下。《晋书·怀帝本纪》:永嘉五年(311),匈奴族刘聪攻陷洛阳,迁怀帝于平阳(今山西临汾),七年遇害。又《愍帝本纪》:建兴四年

(316)刘曜陷长安，迁愍帝于平阳，五年遇害。这两联运用历史事实，说明统一全国的王朝也会有崩溃的一天，梁朝如此，亦不足怪。

㉙“况复”四句：星汉，天河。槎，竹木筏。张华《博物志》载，有人居住海边，每年八月见海上有浮槎去来，从不失期，他便乘槎而去，到达天河，与河边牵牛人问答，又如期而归。后世诗文以乘槎指登天。此反用其意，言自己走投无路，没有归宿。“风飙”二句：《史记·封禅书》载，东海有三神山，去人不远，但船只将至，则被风引开，终不能到达。此二句以回风阻路，蓬莱不可到达比喻自己的无处投奔。

㉚“穷者”二句：《晋书·王隐传》：“盖古人遭时，则以功达其道，不遇，则以言达其才。”《公羊传·宣公十五年》何休注：“劳者歌其事。”此两句说想写此赋以表达心中想说的话，记下自己的遭遇。

㉛“陆士衡”四句：陆机，字士衡。《晋书·左思传》：“初，陆机入洛，欲作此(三都)赋，闻思作之，抚掌而笑，与弟云书曰：‘此间有伧父欲作《三都赋》，须(等待)其成，当以覆酒瓮耳。’及思赋出，机绝叹伏，以为不能加也，遂辍笔。”《后汉书·张衡传》：“衡乃拟班固《两都》作《二京赋》，因以讽谏，精思傅会，十年乃成。”《艺文类聚》卷六十一：“昔班固睹世祖(汉光武帝)迁都于洛邑，惧将必逾溢制度，不能遵先圣之正法也，故假西都宾盛称长安旧制，有陋洛邑之议，而为东都主人折礼衷以答之。张平子薄而陋之，故更造(造《二京赋》)焉。”张衡，字平子。此一联为谦抑之辞，意谓自己这篇赋做得不好，被人轻视，理所当然。

题 解

本赋作于庾信晚年，是《哀江南赋》前的序文。题目“哀江南”取自《楚辞·招魂》中“魂兮归来哀江南”句。作者自伤身世，怀恋故国，作赋以寄托乡关之思。赋中记梁朝一代兴亡，叙个人家世盛衰与一己之飘零。这篇序文概括了全赋大意，着重说明创作的背景和缘起，虽属赋的有机组成部分，却可独立成篇，为六朝骈文的佳制。

开篇十八句，以极精练的语言概括了作者一生中的三件恨事。首叙侯景之乱，金陵陷落，自己逃匿江陵，朝野无不惨遭涂炭；次叙西魏兵起，江陵失陷，自己出使无归，故国中兴无望；再写被扣西魏，国破家亡，自己心情如东汉傅燮临难之时，身世悲凉，求生无望，如同东汉袁安念及国事，潸然泪下，因此想仿效桓谭、杜预、潘岳、陆机等古人，作赋写序，水到渠成地交代了作赋的缘由。“信年始二毛”以下转写身世之悲。作者凄咽絮语，泪随墨挥，一片惨痛之情自肺腑出。结末“不无危苦之辞，唯以悲哀为主”，直白地表明全赋以悲家国沦丧为主调。

第二段追述出使西魏的过程，无功而被拘，作者对羁留异乡的命运感到无奈又悲愤，与此相应的是对江南故国的深切思怀。作者接连使用了不同的典故。或正用以类比自伤，慨叹自己有去无还，使命不成，年事已高而归途尚远，唯有仰天涕泣，继之以血；或反用以形成对比，饱含作者立功无望，忠于故国，思乡难归的复杂感情，苦衷尽诉，境况凄凉。

最后一段感慨朝廷腐朽无能，而人民多难，生灵涂炭，梁朝坐拥百万军队，昔时孙策、项羽兵力尚弱，犹能所向披靡，勇于战斗，最终剖分山河，割据天下，而梁朝大军竟不敌西魏军队，一朝溃败卷甲，举国皆遭屠戮。在作者铿锵跌宕的行文中，借古讽今，对比强烈。作者认为天意与人事共同导致了梁朝覆亡，他历数了秦及西晋虽一统天下却最终免不了春秋更替、兴亡变迁的命运，同时指出梁朝士族腐朽，同室操戈，怯懦无能。面对如此现实，作者将对于国事的感慨、对于身世的悲忧、对于人民的关切、对于王室的痛心、对于历史的教训尽付笔下。

“这篇序文悲亡国，叙家世，抒哀思，感情深挚动人。全篇以骈文写成，多用典故来暗喻时世，表达自已悲苦欲绝的隐衷。……庾信此序在句式运用上极为灵活，既有双句对句，也有单句对句，对句的长短错落，造成音节整齐、和谐可诵的效果。庾信晚年作品清新老成，颇多激楚之声、悲凉之调。本文中，郁勃哀婉之气流注于字里行间，在用事排偶、敷藻调声的外壳下，复杂的感情如海底潜流，回旋倒折，又如地下岩浆，奔突激荡，自有一种一反南朝骈文柔弱纤秀的力度。这固然与作者家国俱亡的心灵创伤有关，同时也是运思沉著、用笔刻峭的结果。”（见上海辞书出版社文

学鉴赏辞典编纂中心编,《古文鉴赏辞典珍藏本·中》,上海辞书出版社2012年版,第946页)

集 评

庾信平生最萧瑟,暮年诗赋动江关。(唐杜甫《咏怀古迹》之一)

庾信文章老更成,凌云健笔意纵横。(唐杜甫《戏为六绝句》之一)

·江南相关知识·

1. 梁鸿、举案齐眉

南朝宋范晔著《后汉书·逸民列传·梁鸿传》载:后至吴,依大家皋伯通,居庑下,为人赁舂。每归,妻为具食,不敢于鸿前仰视,举案齐眉。伯通察而异之,曰:“彼佣以使其妻敬之如此,非凡人也。”乃方舍之于家。鸿潜闭著书十余篇。及卒,伯通等为求葬地于吴要离冢傍。咸曰:“要离烈士,而伯鸾清高,可令相近。”葬毕,妻子归扶风。意思是说,梁鸿在苏州时,依附世家望族皋伯通,住在厢房,给人做雇工舂米。每当打工回来,妻子就准备好食物,从不敢在梁鸿面前直接仰视,把盛食物的托盘举得跟眉毛一样高。伯通看到了感到很奇怪,说:“那个打工人能让他的妻子如此敬畏他,不是平常人。”就让他在家里住。不干那些杂事。梁鸿闭门著书十余篇。等到梁鸿死后,伯通要了一块地将他葬在吴要离墓旁。众人都说:“吴要离是壮烈之人,梁鸿品性清高,可以让他靠近要离。”葬完,妻子回到扶风老家。

2. 华亭鹤唳

《晋书》卷五十四《陆机传》载:因与颖笺,词甚凄恻。既而叹曰:“华亭鹤唳,岂可复闻乎!”遂遇害于军中,时年四十三。西晋时,陆机文采出众,为一代名士。成都王司马颖爱才,重用陆机。讨伐长沙王司马乂时,用陆机为主帅,统领兵士二十余万。陆机请辞,成都王不允。部将见这个南方主帅书生气十足,都不服调配,加上陆机缺乏作战经验,结果损兵折将,大败而归。有人诬陷陆机与长沙王有私,成都王遂派人抓捕陆机。陆机闻讯,苦笑脱去战袍,叹道:“欲闻华亭鹤唳,可复得乎?”于是平静地接受极刑。华亭在今上海市松江区西。陆机于吴亡入洛以前,常与弟云游于华亭墅中,后以“华亭鹤唳”为感慨生平,眷恋过往生活,悔入仕途之典。

馆娃宫赋

黄 滔

吴王殁地兮①,吴国芜城。故宫莫问兮,故事难名②。门外已飞其玉弩③,座中才委其金觥④。舞榭歌台⑤,朝为宫而暮为沼。英风霸业,古人失而今人惊。

想夫桂殿⑥中横,兰房⑦内创。丹楹刻桷⑧之殊制,扣砌文轩⑨之诡状。如同渤澥⑩,徙蓬阙⑪于人间。若自瑶池⑫,落蕊宫⑬于地上。绣柱云楣⑭,飞蛟伏螭⑮。基扃郁律⑯,钩楯⑰参差。碧树之珍禽夏语,绿窗之瑞景冬曦⑱。吴王乃波伍相⑲,辇西施⑳,珠翠族来㉑,居玉堂而澒洞㉒。笙簧拥出,登绮席以逶迤㉓。触物穷奢,含情愈惑。欲移楚峡㉔于云际,拟凿殷池㉕于槛侧。花颜㉖缥缈,欺树里之春光。银焰㉗荧煌,却城头之曙色㉘。

殊不知敌国来攻,攒㉙戈耀空。虎怒而拏平雉堞㉚,雷訇㉛而击碎帘栊。甲马㉜万蹄,卷飞尘而灭没㉝。琼楼㉞百尺,爆红烬之冥濛㉟。悉繇修袖舞殃㊱,朱唇唱隙㊲。瑶阶而便作泉壤㊳,玉础㊴而旋成藓石。恨留山鸟,啼百卉之春红。愁寄垄云,锁四天之暮碧㊵。

悲夫!往日层构,兹辰古壕。香径㊶而同归寂寂,稽山㊷而杳自高高。遗堵㊸尘空,几践群游之鹿㊹。沧洲月在,宁销怒触之涛㊺。已而西日匆匆,东波浩浩。松楸㊻而骈作荒隧,车马而辗㊼通长道。彼雕墙峻宇㊽之君,宜鉴丘墟于茂草。

* 选自《全唐文》卷八百二十二，清董诰等辑，北京：中华书局，1983 年。

① 吴王：这里指夫差，继阖闾为吴王，曾败越国，后为勾践所灭。

② 难名：难以名状。

③ 玉弩：玉制的以机括发箭的弓。

④ 觥：一种带盖的酒器。

⑤ 舞榭歌台：榭为建立在高台之上的房屋。任昉《述异记》卷上：吴王夫差筑姑苏之台，三年乃成，周旋诘曲，横亘数里，崇饰土木，殚耗人力。官妓数千人，上别立春宵宫，为长夜之饮。造千石酒钟，夫差作天池，池中造青龙舟，舟中盛陈妓乐，日与西施为水嬉。

⑥ 桂殿：用桂木所建的宫殿。

⑦ 兰房：装饰着兰草的屋子。

⑧ 丹楹：厅堂前部朱漆涂饰的柱子。刻桷(jué)：有雕刻的屋椽。桷是方形的椽子。

⑨ 扣砌：用玉装饰的台阶。《文选》班固《西都赋》："于是玄墀扣砌，玉阶彤庭。"李善注："扣砌，以玉饰阶也。"文轩：雕刻着花纹的窗子。诡状：奇异的形状。

⑩ 渤澥(xiè)：渤海。《初学记》卷六引《博物志》曰：东海之别有渤澥，故东海共称渤海。

⑪ 蓬阙：蓬莱山的宫阙。蓬莱为神话传说中海上三神山之一，《史记·封禅书》："自威、宣、燕昭使人入海求蓬莱、方丈、瀛洲，此三神山者，其傅在勃海中。"

⑫ 瑶池：神话传说位于昆仑山的一座仙池，是神仙所居之处。《史记·大宛列传论》："昆仑其高二千五百余里，日月所相避隐为光明也。其上有醴泉、瑶池。"《穆天子传》卷三：乙丑，天子觞西王母于瑶池之上。

⑬ 蕊宫：即蕊珠宫，道教传说中的仙宫。唐顾云《华清词》："相公清斋朝蕊宫，太上符箓龙蛇踪。"

⑭ 云楣(méi)：画有祥云的屋上的横梁。楣：房屋的横梁。

⑮ 蛟、螭：皆传说中的龙属动物。

⑯ 基扃：门的基石。郁律：高耸突兀的样子。

⑰ 钩楯(shǔn)：栏杆。栏杆的横木叫楯。

⑱ 曦：太阳光。

⑲ 伍相：伍子胥。《战国策·燕策二》："昔者伍子胥说听乎阖闾，故吴王远迹至于郢。夫差弗是也，赐之鸱夷而浮之江。"

⑳ 西施:越国美女,越王勾践献于吴王夫差,夫差为之建馆娃宫于砚石山。

㉑ 珠翠:指种种宝石。族来:聚族而来。

㉒ 玉堂:华美的厅堂。澒(hòng)洞:绵延不断。

㉓ 绮席:华丽的席具。逶迤:绵延不断貌。

㉔ 楚峡:用楚怀王游高唐梦神女之典故,宋玉《高唐赋》:昔者楚襄王与宋玉游于云梦之台,望高唐之观。其上独有云气,崪兮直上,忽兮改容,须臾之间,变化无穷。王问玉曰:"此何气也?"玉对曰:"所谓朝云者也。"王曰:"何谓朝云?"玉曰:"昔者先王尝游高唐,怠而昼寝,梦见一妇人曰:'妾巫山之女也,为高唐之客。闻君游高唐,愿荐枕席。'王因幸之。去而辞曰:'妾在巫山之阳,高丘之阻,旦为朝云,暮为行雨朝朝暮暮,阳台之下。'"。

㉕ 殷池:指酒池肉林。《史记·殷本纪》:"(纣)以酒为池,县肉为林,使男女裸相逐其间,为长夜之饮。"

㉖ 花颜:美丽的容颜,这里用指西施之美貌。

㉗ 银焰:指银色蜡烛之光。

㉘ 曙色:指早晨的阳光。

㉙ 攒:簇拥,聚集。

㉚ 拏:同"拿",攻取。雉堞:指高城。雉为城墙,堞为城上矮墙。

㉛ 訇(hōng):雷声,此指炮石之声。帘栊:门窗。

㉜ 甲马:披甲的战马。

㉝ 灭没:消灭。

㉞ 琼楼:形容华美的高楼。

㉟ 爆:燃烧。冥濛:模糊不清。

㊱ 修袖:长袖。殃:祸害。

㊲ 隙:仇隙。

㊳ 泉壤:指墓穴。晋潘岳《寡妇赋》:"上瞻兮遗象,下临兮泉壤。"

㊴ 玉础:玉做的基石。

㊵ 碧:碧云,日暮之云。

㊶ 香径:采香径。范成大《吴郡志》卷八:采香径在香山之旁,小溪也。吴王种香于香山,使美人泛舟于溪以采香。

㊷ 稽山:会稽山。

㊸ 遗堵:留下的土墙。

㊹ 群游之鹿:典出《史记·淮南王刘安列传》:(伍)被怅然曰:"……臣闻子胥谏吴王,吴王不用,乃曰:'臣今见麋鹿游姑苏之台也。'"

㊺ 怒触之涛:典出王充《论衡·书虚》:吴王夫差杀伍子胥,煮之于镬,乃以鸱夷橐投之于江,子胥恚恨,驱水为涛,以溺杀人。

㊻ 楸(qiū):树木名。荒隧:荒凉的道路。

㊼ 辗:车轧。

㊽ 峻宇:使宫室屋宇高峻。

作者简介

黄滔(840—911),字文江。莆田县(今城厢区)人。唐乾宁二年(895)登进士,官国子四门博士,因宦官乱政,愤然弃职回乡。王审知主闽,奏授御史里行,充任威武军节度推官。《全唐诗》收录其诗作一百多首。黄滔曾辑唐代闽人诗作刊行《泉山秀句集》三十卷,是第一部闽人诗歌总集。

题　解

这是一篇以吴国之灭亡为主题的律赋。吴王夫差穷奢极欲,惑于美人,以至身死国灭,这在后世成为一个重要的文学主题。此赋由吴国宫宇城垣之荒芜难辨写起,而追思当年馆娃宫的富丽堂皇,在这个过程中表现吴王夫差的奢靡生活。第三段急转直下,写越国来攻,吴国灭亡,昔日繁华歌舞之所转变为麋鹿悠游之地,由此而表达对吴国因奢靡而败亡的悲慨。此赋用词精致,章法森严。

集　评

题有不得不用哀艳者,如《馆娃宫赋》是也,黄御史更加以炼句炼字,便成千秋绝调。(清浦铣《复小斋赋话》)

唐黄滔《馆娃宫赋》昔盛今衰,各以三韵叙次,布置停稳,尤妙在起韵末联云:"舞榭歌台,朝为宫而暮为沼;英风霸业,古人失而今人惊。"对法

变化,恰好领起下文"想夫桂殿中横,兰房内创"一段,此赋家正眼法门。(清李调元《赋话》)

·江南相关知识·

馆娃宫

馆娃宫位于今江苏省苏州市灵岩山山巅。据《吴越春秋》载:"阖闾城西,有山号砚石,上有馆娃宫。"砚石山便是如今灵岩山的别称。公元前494年,越王因战败赴吴作人质,同时进贡大量珍贵财富和美女取悦夫差,以取得夫差的信任并麻痹他的斗志。夫差面对西施的美色,十分宠爱,于是不惜重金,在灵岩山山巅风景绝佳之处,调集大批工匠,大兴土木,在这里为她兴建了一座规模宏大的大型离宫,即馆娃宫。宫内"铜勾玉槛,饰以珠玉",楼阁玲珑,金碧辉煌。馆娃宫作为中国历史上第一座比较完备的早期园林,可谓是占尽了山水之秀美。苏州,本来就是江南有名的鱼米之乡,得天地之灵秀,妖娆多姿。馆娃宫置身于苏州之巅,更是给人一种居高临下,独领风骚之感。(见谢宇主编《中国古代宫殿堪舆考》,北京:华龄出版社,2013年,第16—17页)

江南春赋

王　棨

丽日迟迟①,江南春兮春已归。分中元②之节候,为下国③之芳菲。烟幂历④以堪悲,六朝⑤故地;景葱茏⑥而正媚,二月晴晖。谁谓建业气偏⑦,句吴⑧地僻,年来而和煦⑨先遍,寒少而萌芽易坼⑩。诚知青律⑪,吹南北以无殊;争奈洪流⑫,亘⑬东西而易隔。当使兰泽⑭先暖,蘋洲⑮早晴。薄雾轻笼于钟阜⑯,和风微扇于台城⑰。有地皆秀,无枝不荣。远客堪迷,朱雀之航头柳色⑱;离人莫听,乌衣之巷里莺声⑲。于时衡岳雁过⑳，吴宫燕至。高低兮梅岭残白，逦迤㉑兮枫林列翠。几多嫩绿，犹开玉树之庭㉒；无限飘红，竞落金莲㉓之地。别有鸥屿残照，渔家晚烟，潮浪渡口，芦笋沙边。野葳蕤㉔而绣合，山明媚以屏连㉕。蝶影争飞，昔日吴娃之径㉖；扬花乱扑，当年桃叶之船㉗。物盛一隅，芳连千里。斗暄妍㉘于两岸，恨风霜于积水。幂幂而云低茂苑㉙，谢客吟多㉚；萋萋而草夹秦淮，王孙思起㉛。或有惜嘉节，纵良游，兰桡锦缆以盈水㉜，舞袖歌声而满楼。谁见其晓色东皋㉝，处处农人之苦；夕阳南陌㉞，家家蚕妇之愁。悲夫！艳逸㉟无穷，欢娱有极。齐东昏醉之而失位，陈后主迷之而丧国㊱。今日并为天下春，无江南兮江北。

* 选自《麟角集》，第 32a—33a 页，唐王棨著，福山王氏天壤阁，1884 年。

① 迟迟：阳光明亮温暖的样子。

② 中元：农历正月初一为岁之元、时之元、月之元，合称三元。中元即是时之元，谓四季之始，即春季。

③ 下国：指人间。

④ 幂历：分布覆盖的样子。

⑤ 六朝：三国吴、东晋、宋、齐、梁、陈六个朝代，皆据江南立国。

⑥ 葱茏：青翠茂盛的样子。

⑦ 建业：即今南京，六朝的都城。气偏：王气偏于一隅。

⑧ 句(gōu)吴：即吴国。《史记·吴太伯世家》："太伯之奔荆蛮，自号句吴。"

⑨ 和煦：温暖。

⑩ 坼：裂开，这里指草木燥裂。

⑪ 青律：即春律，春天的节气。

⑫ 洪流：洪大的河流，这里指长江。

⑬ 亘：横贯。

⑭ 兰泽：长着兰草的沼泽。

⑮ 蘋洲：长有蘋蒿的洲渚。蘋：即蘋蒿。《诗·小雅·鹿鸣》："呦呦鹿鸣，食野之蘋。"

⑯ 钟阜：钟山，又名蒋山，即紫金山，在今南京市东。

⑰ 台城：六朝建康地名，本吴国后苑城，晋咸和中作新宫名建康宫，六朝时谓朝廷禁省为台，因称台城。故址在今南京玄武湖侧。

⑱ 朱雀：即朱雀桁，秦淮河上的古浮桥，三国吴时称之南津桥，晋改名为朱雀桁。航：指浮桥。

⑲ 乌衣：乌衣巷，地名，东晋时王谢等世家大族聚居之地。三国吴时设营于此，由于兵士服乌衣，故名乌衣营。

⑳ 衡岳：南岳衡山。相传雁南飞至衡山而止，故衡阳有回雁峰，卢仝《萧二十三赵歙州婚期》诗之一："相思莫道无来使，回雁峰前好寄书。"

㉑ 逦迤：连绵曲折的样子。

㉒ 玉树：为南朝陈后主所作《玉树后庭花》曲的省称，陈后主与幸臣等制歌词，男女唱和，其音甚哀。

㉓ 金莲：用齐东昏侯萧宝卷典，《南史·齐东昏侯纪》："又凿金为莲花以帖地，令潘妃行其上，曰：'此步步生莲花也。'"

㉔ 葳(wēi)蕤(ruí)：草木枝叶繁盛的样子。

㉕ 屏连：像屏障一样相连。

㉖ 吴娃之径：吴娃，吴地美女。吴地方言称美女为娃。吴国有香山，位于今江苏吴中区西郊，相传吴王种香于香山，使美人泛舟采之，是溪故名采香径。范成大《吴郡志》卷八：采香径在香山之旁，小溪也。吴王种香于香山，使美人泛舟于溪以采香。

㉗ 桃叶之船：用王献之爱妾桃叶典，晋王献之爱妾名桃叶。南朝陈时，江南盛传王献之《桃叶》诗："桃叶复桃叶，渡江不用楫。但渡无所苦，我自迎接汝。"

㉘ 暄妍：天气晴和，景物明媚。

㉙ 幂幂：浓密的样子。茂苑：花草树木茂盛繁密的苑囿。左思《吴都赋》："带朝夕之浚池，佩长洲之茂苑。"

㉚ 谢客：南朝宋诗人谢灵运，小字客儿。或据谢庄《自浔阳至都集道里名为诗》"崇馆非陈宇，茂苑岂旧林"句疑此"谢客"实指谢庄。

㉛ 萋萋：草茂盛貌。王孙：泛指贵族子孙，也可用作对一般男子的尊称。此二句用淮南小山《招隐士》典，《楚辞》淮南小山《招隐士》："王孙游兮不归，春草生兮萋萋。"

㉜ 兰桡：船的美称。锦缆：锦制的缆绳，指船上华美的装饰物。

㉝ 东皋：指春天的水田。《文选》潘岳《秋兴赋》："耕东皋之沃壤兮，输黍稷之余税。"李善注："水田曰皋，东者取其春意。"

㉞ 南陌：这里指城南的道路。梁武帝萧衍《河中之水歌》："河中之水向东流，洛阳女儿名莫愁。莫愁十三能织绮，十四采桑南陌头。"

㉟ 艳逸：美艳飘逸。

㊱ 齐东昏：南朝齐东昏侯萧宝卷，其在位时骄奢淫逸，为梁所灭。陈后主：南朝陈后主陈叔宝，为隋所灭。

作者简介

王棨，字辅之，福清人。生卒年均不详，约唐懿宗咸通末前后在世。咸通三年登进士第，官至水部郎中。黄巢乱后，不知所终。棨著有《麟角集》一卷，皆为律赋。

题　解

此篇《江南春》，为律赋之典型，它着重描写江南之春景，而其妙处在于能将江南景物之描绘与对六朝历史文化之追思融合无间。起笔由宇宙之节气聚焦至江南之地域，格局颇大，进而作者展现了江南之地的风流景致，桥头柳色，巷里莺声，在描写这些自然风物同时，作者也向读者展开了一幅富有人文和历史气息的画卷，在其中我们能看到作为六朝中央之要地的台城，看到那条见证过王谢文采风流的乌衣巷，以及采香径、朱雀桁等在江南历史上留下美丽风采的文化场域。除却这些帝王贵胄的生活场所，这幅画卷中更有"渔家晚烟，潮浪渡口"这般颇有庶民况味的生活景致，颇有层次和纵深感。更兼其曲终奏雅，在最后反思了"艳逸无极"而至亡国殒身的昏君，表达了对人民疾苦的关怀，并表达了对天下皆春的赞叹，立意颇正。此赋文辞工稳雅丽，句法以四六为主，兼以杂言，声韵宛转，应该说是律赋中的上佳之作。

集　评

流丽悲倩，而句法处处变化，此为律赋正楷……辅文则锦心绣口，丰韵嫣然，更有渐进自然之妙。（清李调元《赋话》）

·江南相关知识·

1. 乌衣巷

地名。在今南京市秦淮河南。三国吴时在此置乌衣营，以士兵着乌衣而得名。东晋时王、谢等望族居此，因而著闻。南朝宋刘义庆《世说新语·雅量》："有往来者云：'庾公有东下意。'或谓王公曰：'可潜稍严，以备不虞。'王公曰：'我与元规虽俱王臣，本怀布衣之好。若其欲来，吾角巾径还乌衣，何所稍严？'"刘孝标注引山谦之《丹阳记》："乌衣之起，吴时乌衣营处所也。江左初立，琅玡诸王所居。"《晋书·纪瞻传》："厚自奉养，立宅于乌衣巷，馆宇崇丽，园池竹木，有足赏玩焉。"唐刘禹锡《乌衣巷》诗："朱雀桥边野草花，乌衣巷口夕阳斜。旧时王谢堂前燕，飞入寻常百姓家。"元萨都剌《满江红·金陵怀古》词："王谢堂前双燕子，乌衣巷口曾相识。"清陈维崧《满庭芳·赠表兄万大士》词："乌衣巷，蔓草平田。谁能料，童时伴侣，相对两华颠。"（见汉语大词典编纂处编《汉语大词典》第7卷，汉语大词典出版社，2003年，第67页）

2. 秦淮河

流经南京，是南京市名胜之一。相传秦始皇南巡至龙藏浦，发现有王气，于是凿方山，断长垄为渎入于江，以泄王气，故名秦淮。唐杜牧《泊秦淮》诗："烟笼寒水月笼沙，夜泊秦淮近酒家。"南唐李煜《浪淘沙》词："想得玉楼瑶殿影，空照秦淮。"元傅若金《金陵晚眺》诗："城下秦淮水，年年自落潮。"清孔尚任《桃花扇·听稗》："既是这等，且到秦淮水榭，一访佳丽，倒也有趣！"清戴名世《种树说》："顷余侨居秦淮之上，而城之西北多有间旷之地，居民多种树为生。"（见汉语大词典编纂处编《汉语大词典》第8卷，汉语大词典出版社，2003年，第62页）

姑苏台赋

赵　湘

勾践病，使西施来；夫差悦，作姑苏台①。于是阆椒筑兰②，基烟构月③。屹屹而立，出岩谷之超绝。雕沉镂檀④，涂霞甃雪⑤。搜琼取瑰⑥，疑山之枯；悬珠错金，畏海之竭。参⑦其上，若天门之欲逼；压其下，若地轴⑧之将折。楹⑨飞鸟碍，栏倚云截。山其节，藻其棁⑩，欲使西施慰其心。而旦夕望越，复虑其神魂之未乐，命金石丝竹，发宫商羽角，秦声郑声，日月更作。众喧吞之于管，万籁沉之于索⑪。霓裳⑫参差，若晴霞之未移；歌喉宛转，若贯珠⑬之在兹。肉如山焉，或腐而弃之；酒如河焉，或厌而倾之⑭。遂使一人两人笑，而千人万人悲；一人两人饫⑮，而千人万人饥。悲者之声，百倍于歌之声；饥者之情，千倍于酒之酲⑯。呜呼！夫差之心也，西施乐则知⑰，天下人不乐则不知。知者则忧其忧，不知者亦不增其羞。夫差之耳也，西施欢则闻，天下人哀则不闻。闻者则忧其不欢，不闻者亦不察其哀。使人惶惶，不知所裁。忠臣之言，贱如红埃⑱，一旦乐极，越兵东来。歌变舞罢，榱崩桷摧⑲。以金以玉，为尘为灰。麋兮鹿兮，优哉游哉。噫，吾不知西子登是台也，望越耶？待越耶？乐吴耶？醉吴耶？向使夫差忧吴之民如西子，固吴之垒如姑苏，则虽鸱夷之筹，自救无缪，何暇为人谋⑳？

吴之灭也，人或悲之；吴之后也，秦其邻之。秦人亦悲，悲之未终，变之为阿房宫㉑。阿房之后，魏人复哀，哀之未已，变之为铜雀台㉒。铜雀之后，陈人知之，陈不自见，变之为水殿㉓。水殿之间，隋君及之，隋不自忧，变之为迷楼㉔。迷楼之后，知之而不自知者㉕，虽百世可知也。吁！

* 选自《南阳集》卷一，第 2—3 页，宋赵湘撰，北京：中华书局，1985 年。

① 姑苏台:又名姑胥台,越王勾践以良木献吴王夫差,又以美女西施献之以劳其志,夫差故以此良木建姑苏台三年聚材,五年乃成。

② 阗:充满。椒:花椒树,古人以之为香料。《楚辞·湘夫人》:"播芳椒兮成堂。"筑兰:指在姑苏台中布上兰草,《楚辞·湘夫人》:"疏石兰兮为芳。"

③ 基烟构月:指姑苏台台基建于烟气之中,而台高可通达明月。

④ 沉:沉香木。檀:檀木。

⑤ 涂霞:指在墙壁上图画云霞的图案。甃:砌。雪:形容砖石的洁白。

⑥ 琼、瑰:皆指美玉。

⑦ 参:考察。

⑧ 地轴:古时传说中大地之轴。张华《博物志》:"地有三千六百轴,犬牙相举。"

⑨ 楹:堂屋前的柱子。

⑩ 山其节,藻其棁:将斗拱雕刻得和山一样,在梁上短柱上画藻草。《论语·公冶长第五》:"臧文仲居蔡,山节藻棁,何如其知也。"节:斗拱。棁:梁上的短柱。

⑪ 索:指弦乐器。此二句意为世间的诸种声音都被管弦乐器发出的乐声所掩盖。

⑫ 霓裳:这里指轻柔漂浮的舞衣。白居易《江南遇天宝乐叟》:"贵冬雪飘飖锦袍暖,春风荡漾霓裳翻。"

⑬ 贯珠:成串的珍珠,用以比喻宛转的歌喉。《礼记·乐记》:"故歌者上如抗,下如队,曲如折,止如槁木,倨中矩,句中钩,累累乎端如贯珠。"

⑭ 此用"酒池肉林"典,《史记·殷本纪》:"大聚乐戏于沙丘,以酒为池,县肉为林。"

⑮ 饫:饱。

⑯ 酲:指醉酒,病酒。

⑰ 西施乐则知:指知道西施之乐。

⑱ 红埃:指飞扬的尘土。《魏书·崔光传》:"秋末久旱,尘壤委深,风霾一起,红埃四塞。"

⑲ 榱、桷:皆指椽子。

⑳ 则虽鸱夷之筹,自救无惨,何暇为人谋:那么纵使伍子胥有意(为勾践)出主意,可他救自己都没有办法,怎么会有空闲替人谋划呢?

㉑ 阿房宫:秦之宫殿,其前殿筑于始皇三十五年,遗址在今西安市阿房村。秦

亡时宫殿仍未完全建成,故未正式命名。因作前殿阿房,时人即称之为“阿房宫”。后为项羽所焚。

㉒ 铜雀台:亦作“铜爵台”。东汉末建安十五年冬曹操所建。铸大孔雀置于楼顶,故名铜雀台。故址在今河北省临漳县西南古邺城西北隅。

㉓ 水殿:邻水的殿堂。

㉔ 迷楼:隋炀帝所建楼名,故址在今江苏省扬州市西北郊。唐冯贽《南部烟花记·迷楼》:“迷楼凡役夫数万,经岁而成。楼阁高下,轩窗掩映,幽房曲室,玉栏朱楯,互相连属。帝大喜,顾左右曰:‘使真仙游其中,亦当自迷也。’故云。”

㉕ 知之而不自知:知道这个道理,却不知道自己违背了这个道理。

作者简介

赵湘(959—993),字叔灵,祖籍南阳,居衢州西安(今浙江衢州)。有集十二卷(据《宋史·艺文志》),已佚。清四库馆臣据《永乐大典》等书辑成六卷。事见《南阳集》卷五《释奠纪》。

题　解

吴国之败亡是江南文学书写的重要主题。本篇《姑苏台赋》是赵湘以姑苏台为题而作的一篇咏史之赋,它通过对吴国姑苏台之描写与议论,论述了宫室之豪奢与国家之败亡的关系。本赋开篇叙述了姑苏台之由来,并描写了姑苏台形制之伟岸和装饰建筑的精巧华美,进而叙述了吴王为取悦西施而在其中设置的种种丝竹音乐和美酒美食的享受,并由此调转笔锋,转入对吴国败亡之由的议论。在这一部分,作者主要的论点是,吴王建姑苏台后,眼中唯有西施,而不闻吴国百姓之苦乐,以至于忽视天下人饥寒哀苦之声,而沉溺于姑苏台中的温柔富贵乡,导致亡国。在赋篇最后的部分,作者联想所及,又提到了吴国之后,嬴秦、曹魏乃至陈、隋之败亡,作者认为,正是因为这些王朝的君主沉溺于华丽豪奢的宫殿,而不顾天下百姓之疾苦,才走向了败亡的命运。本篇赋体现了作者以民为本的观点,通过对姑苏台的铺陈描写和对吴国败亡的咏叹,强调了统治者应当心系百姓，关怀人民的观点，当然这未必是吴国灭亡的原因，但从中体现了宋代士大夫对君民关系的认知。

集 评

全赋文辞华美，寓意深刻，感慨淋淳，情文并茂，结局尤富有深意。（曾枣庄《宋文通论》）

松江秋泛赋

叶清臣

泽国①秋晴，天高水平。遥山晚碧，别浦②寒清。循游具区③之野，纵泛吴松之泠④。东瞰沧海，西瞻洞庭。槁叶微下，斜阳半明。樵风⑤归兮自朝暮，汐溜⑥满兮谁送迎。浩霜空兮一色，横霁色兮千名⑦。于是积潦⑧未收，长干无际。澄澜万顷，扁舟独诣。社橘初黄⑨，汀葭⑩余翠。惊鹭朋飞⑪，别鹄孤唳⑫。听渔榔之递响⑬，闻牧笛之长吹。既览物以放怀⑭，亦思人而结欷⑮。若夫寇敌初平，霸图方盛⑯。均忧待济，同安则病。鱼贪饵而登钩，鹿走险而忘命。一旦辞禄⑰，扬舲高泳⑱。功崇不居，名存斯令⑲。达识先明，孤风孰竞⑳。又若金跃不融㉑，洛尘其蒙㉒。宗城寡扞，王国争雄㉓。拂衣客右，振棹江东㉔。拖翠纶兮波上，脍蝉翼兮柈中㉕。傥即时之有适，遑我后之为恫㉖。至于著书笠泽，端居甫里㉗。两桨汀洲，片帆烟水。夕醉酒垆，朝盘鱼市。浮游尘外之物，啸傲人间之世。富词客之多才，剧骚人之清思㉘。缅三子之芳徽，谅随时之有宜㉙。非才高见弃于荣路，乃道大不容于祸机。申屠临河而蹈壅，伯夷登山而食薇㉚。皆有谓而然尔，岂得已而用之㉛。别有执简仙瀛，持荷帝柱㉜。晨韬史氏之笔，幕握使臣之斧㉝。登览有澄清之心，临遣动光华之赋[34]。荷从欲之流慈，尉远游之以惧[35]。肇提封之所履，属方割之此忧[36]。将浚疏于汇川，期拯济乎珍畴[37]。转白鹤之新渚，据青龙之上游[38]。濯埃垢于缁袂，刮病膜乎昏眸[39]。左引任公之钓，右援仲由之桴[40]。思勤官而裕民，乃善利之远猷[41]。彼全身以远害，盖孔臧于自谋[42]。鲜鳞在俎，真茶满瓯。少回俗士之驾，亦未可为兹江之羞[43]。

* 选自《宋文鉴》卷三，宋吕祖谦编、齐治平点校，北京：中华书局，1992年。

① 泽国：水乡。宋之问《玩郡斋海榴》："泽国韶气早，开帘延霁天。"

② 别浦：河流入江海之处。谢庄《山夜忧》诗："凌别浦兮值泉跃。"或指银河，银河隔绝牛女二星，故称别浦。李贺《七夕》："别浦今朝暗，罗帷午夜愁。"

③ 具区：湖名，即今太湖。《尔雅》卷六："吴越之间有具区。"郭璞注："今吴县南太湖，即震泽是也。"

④ 吴松：太湖的一条支流，又名笠泽、松陵江。泠(líng)：弯曲的流水。

⑤ 樵(qiáo)风：顺风、好风。孔灵符《会稽记》曰：射的山南有白鹤山，一鹤为仙人取箭。汉太尉郑宏尝采薪，得一遗箭，顷有人觅，宏还之。问何所欲，宏曰："常患若耶溪载薪为难，愿旦南风，夕北风。"后果然。

⑥ 汐：晚潮。

⑦ 霁色：晴天的景致。千名：指万物品类繁多。

⑧ 积潦(lǎo)：雨后的积水。

⑨ 社橘初黄：社橘，秋分前后成熟的橘子，因可以祭祀秋社，故名社橘。李朝威《柳毅传》：洞庭之阴有大橘树焉，乡人谓之社橘。

⑩ 葭：初生的芦苇。

⑪ 惊鹭朋飞：惊鹭，惊起的白鹭。江总《别南海宾化侯》："惊鹭一群起，哀猿数处愁。"朋飞，齐飞。吴曾《能改斋漫录》卷七：按《北山经》蔓联之山有鸟焉，群居而朋飞。

⑫ 别鹄(hú)孤唳：失伴的天鹅孤单地发出凄厉的哀鸣。《史记·司马相如列传》："弋白鹄，连驾鹅。"鹄，天鹅。唳，鸟鸣叫声。

⑬ 渔榔(láng)：捕鱼人用桄榔击打船舷来驱鱼入网。苏轼《渔榔》："被褫大须，萧然于万物之表；槁项黄馘，闯然于一苇之杭。与鸥鸬而物化，发山水之天光。

惊潜鱼而出听，是谓鱼榔。”

⑭ 放怀：抒遣怀抱。

⑮ 欷：唏嘘。

⑯ 敌寇初平，霸图方盛：这里指越王勾践打败吴国，称雄诸侯事。

⑰ 辞禄：指范蠡在越国败吴功成之后辞去官禄，泛舟江湖。

⑱ 扬舲（líng）：扬船泛舟。舲，有小窗的船。高泳：高兴地游览。

⑲ 名存斯令：留下美好的名声。令，美名。

⑳ 达识先明，孤风孰竞：有先知于事的远见卓识，这种才能其后无人能与之比拟。达识，远见卓识。张九龄《曲江集》卷十五《御批》：“比岁抡才，十年虚位。以卿达识，所以畴庸。斟酌朝经，动关政本。当兹密命，宜喻朕怀所谢知。”

㉑ 金跃：《庄子·大宗师》云：“今大冶铸金，金踊跃曰：‘我且必为镆铘。’大冶必以为不祥之金。今一犯人之形而曰‘人耳，人耳！’夫造化者必以为不祥之人。”后以金跃比喻不服从自然造化。

㉒ 洛尘其蒙：蒙受洛尘，比喻天子失位流亡，遭受垢辱。《左传·僖公二十四年》：“臧文仲对曰：‘天子蒙尘于外，敢不奔问官守？’”洛尘，洛阳的尘土，比喻发生在都城及其周边的战争，此指八王之乱。顾况《华阳集·送友失意南归》：“衣挥京洛尘，完璞伴归人。”

㉓ 宗城：宗子封国，如城一般翼屏王室。《诗经·大雅·板》：“怀德维宁，宗子维城。”寡扞（hàn）：很少有人捍卫王室。扞，通“捍”。王国争雄：指西晋八王之乱。

㉔ 拂衣、振棹：皆指归隐。

㉕ 脍（kuài）：把鱼、肉切成薄片。蝉翼：比喻切得极薄的鱼片。柈（pán）：通盘。

㉖ 傥（tǎng）：若。遑（huáng）：怎能。恫（dòng）：恐惧。

㉗ 至于著书笠泽，端居甫里：指晚唐陆龟蒙隐居笠泽，撰写《笠泽丛书》。笠泽，即今松江。甫里，在今江苏苏州吴中区甪直镇。陆龟蒙遁居甫里，号甫里先生。

㉘ 剧骚人之清思：超过了诗人高洁的情思。剧，超过。骚人，诗人。

㉙ 缅：怀念。芳徽：美德。刘禹锡《代裴相祭李司空文》：“猥以姓名，称于上前。发迹从微，芳徽获宣。”随时：随顺时机。《国语·越语下》：“夫圣人随时以行，是谓守时。”宜：事宜，举措。

㉚ 申屠临河而蹈壅，伯夷登山而食薇：分用申徒狄和伯夷典故。申屠：指申屠狄，申屠狄为殷末贤臣，谏纣王而不听，不忍见殷商之亡，负石自沉于河。伯夷：商

末贤人，武王灭纣，不食周粟，饿死首阳山。

㉛ 皆有谓而然尔二句：都是为了有所作为才这样做的，并不是符合自己的心意才如此的。得已，符合自己的本意。

㉜ 执简仙瀛（yíng），持荷帝柱：执简：手执简策。仙瀛：指朝廷。持荷：采荷调。郭茂倩《乐府诗集》卷七五：梁太尉从事中郎江从简年十七，有才思，为采荷调，以刺何敬容。敬容览之，不觉嗟赏，爱其巧丽。敬容时为宰相。江从简《乐府广题》曰："欲持荷作柱，荷弱不胜梁。欲持荷作镜，荷暗本无光。"帝柱，大臣。

㉝ 晨韬史氏之笔，幕握使臣之斧：早晨在朝廷修史，晚上奉君王之命出使。幕，通"暮"。

㉞ 登览有澄清之心，临遣动光华之赋：奉使衔命有澄清天下的志向，游山玩水有文采斐然的文章。登览，登车览辔。《后汉书·范滂传》云：范滂字孟博，汝南征羌人也。少厉清节，为州里所服。举孝廉，光禄四行，时冀州饥荒，盗贼群起，乃以滂为清诏使案察之。滂登车揽辔，慨然有澄清天下之志。及至州境，守令自知臧污，望风解印绶去，其所举奏，莫不厌塞众议。光华之赋，王勃《王子安集·滕王阁诗序》："睢园绿竹，气凌彭泽之樽；邺水朱华，光照临川之笔。"

㉟ 荷从欲之流慈，尉远游之以惧：担负着顺从人民的心意来传播君王之慈爱的职责，慰藉宦游忧谗畏讥的心思。从欲，《尚书·大禹谟》："帝曰：'俾予从欲以治，四方风动。惟乃之休。'"孔安国传："使我从心所欲而政以治，民动顺上命，若草应风，是汝能明刑之美。"流慈，陈耀文《天中记》卷一一："天泽圣主流慈，天泽滂被上答，乾慈永同彼岸。"远游，《论语·里仁》："子曰：'父母在，不远游。游必有方。'"朱熹注："远游，则去亲远而为日久，定省旷而音问疏，不惟已之思亲不置，亦恐亲之念我不忘也。游必有方，如已告云之东，即不敢更适西，欲亲必知已之所在而无忧，召已则必至而无失也。"这里远游，除了去亲远适之外，还有忧谗畏讥之意。

㊱ 肇提封之所履，属方割之此忧：刚开始踏入所管辖的区域，唯一担忧的只有洪灾泛滥。肇（zhào），开始。提封，指管辖的疆域。杜甫《夔州八咏·提封》："提封汉天下，万国尚同心。"方割，正在为害。《尚书·尧典》："汤汤洪水方割。"

㊲ 将浚疏于汇川，期拯济乎珍畴：将要疏通汇川，竭力救济良田。珍畴，良田。

㊳ 转白鹤之新渚，据青龙之上游：绕过白鹤之洲，来到青龙江的上游。白鹤，松江中的小洲。青龙，江名，因孙权建造青龙战舰而得名。

㊴ 濯埃垢于缁袂（mèi），刮病膜乎昏眸：洗除衣裳上的尘埃，刮去昏暗的眼睛

上的病膜。

㊵ 左引任公之钓，右援仲由之桴：和任公子一起钓鱼，和子路一起乘桴泛海。任公之钓，《庄子·外物》："任公子为大钩巨缁，五十犗以为饵，蹲乎会稽，投竿东海，旦旦而钓。期年不得鱼。已而，大鱼食之，牵巨钩，陷没而下，骛扬而奋鬐，白波若山，海水震荡，声侔鬼神，惮赫千里。任公子得若鱼，离而腊之，自制河以东，苍梧以北，莫不厌若鱼者。"仲由之桴（fú），《论语·公冶长》卷五："子曰：'道不行，乘桴浮于海。从我者，其由与？'"何晏注："马曰：桴，编竹木，大者曰筏，小者曰桴。"

㊶ 思勤官而裕民，乃善利之远猷：我想勤于官府公务而令百姓富裕，这是为官得利的长远之谋划。猷（yóu），谋划。

㊷ 彼全身以远害，盖孔臧于自谋：那些全身远害的人，其实内心所藏的只是为自己打算。孔，很。臧，通"藏"，指深藏不露。蔡清《易经蒙引》卷八："故先儒曰：人谋孔臧，亦可保持天命。"

㊸ 俗士之驾：俗士的车马。孔稚圭《北山移文》："请回俗士驾，为君谢逋客。"

作者简介

叶清臣（1000—1049），北宋名臣。字道卿，长洲（今苏州）人，一作乌程（今浙江吴兴）人。著作今存《述煮茶小品》等。《宋史》《东都事略》有传。《全宋词》录其词一首。

题　解

本赋系作者由松江泛舟所见进而思考关于人生的问题。第一部分写松江秋景，为读者呈现一番"遥山晚碧，别浦寒清"之景，更有"渔榔之递响""闻牧笛之长吹"，体现了江南地区典型的风物景致，颇具情趣。第二部分由观景进而咏史，追想江南松江之历史名士范蠡、张翰、陆龟蒙。第三段展开作者对古人不同人生选择的议论，进而展开作者对人生的思考，而以"勤官裕民"自勉。由观览眼前之景而进入对历史的反思，又转为发表议论，这种以论说文体之内容入赋的做法在宋代以后是一个显著的现象，类似的例子尚有苏轼的《赤壁赋》，故马积高将此赋与《赤壁赋》相对举，而高度肯定其地位和水准。

胥江吕焕成写

宗子相先生集卷之一

廣陵宗　臣子相著

晉陵鄒之麟臣虎校

賦

登釣臺賦有序

予聞嚴子釣臺舊矣丁巳秋予以叅藩赴閩取道兩越始登厥臺徘徊焉商飈西來萬山颯搖我心傷悲爰申厥詞把酒放歌白雲莽互豈君之聞歌而來哉

吳江呂煥成寫

宗子相先生集卷之一

廣陵宗　臣子相著
晉陵鄒之麟　臣虎校

賦

登釣臺賦 有序

予聞嚴子釣臺舊矣丁巳秋予以叅藩赴閩取道兩越始登厥臺徘徊爲商飇西來萬山颯搖我心傷悲爰申厥詞把酒放歌白雲莽互豈君之聞歌而來哉

宿雨清畿甸
朝陽麗帝城
豐年人樂業
壠上踏歌行

之所巡游琴高之所靈矯冰夷倚浪以傲睨江妃含嚬而
矊眇撫淩波而鳧躍吸翠霞而夭矯若乃宇宙澄寂八風
不翔舟子於是搦棹涉人於是檥榜漂飛雲運艅艎舳艫
相屬萬里連檣泝洄沿流或漁或商赴交益投幽浪竭南
極窮東荒爾乃䨴雰祲於清旭覘五兩之動靜長風颺以
增扇廣莫颾而氣整徐而不颼疾而不猛鼓帆迅越趠漲
截洞淩波縱柂電往杳溟霍如晨霞孤征眇若雲翼絕嶺
倏忽數百千里俄頃飛廉無以睎其蹤渠黃不能企其景
於是蘆人漁子擯落江山衣則羽褐食惟蔬一作素鱻栫殿
為涔夾潀羅筌箣灑連鋒罾罶比船或揮輪於懸碕或中
瀨而橫旋忽忘夕而宵歸詠採菱以叩舷傲自足於一嘔
法云與謳同尋風波以窮年爾乃域之以盤巖豁之以洞壑疏
之以沲汜鼓之以朝夕川流之所歸湊雲霧之所蒸液珍

集　评

在北宋写游览的赋中，除前后《赤壁赋》，此篇应是首屈一指的。（马积高《赋史》）

·江南相关知识·

江东

长江在芜湖、南京间作西南南、东北北流向，隋唐以前，是南北往来主要渡口的所在，习惯上称自此以下的长江南岸地区为江东。《史记·项羽本纪》："且籍与江东子弟八千人渡江而西，今无一人还，纵江东父兄怜而王我，我何面目见之?"三国魏曹植《七启》："耀江东之潜鼍，腾汉南之鸣鹑。"宋李清照《乌江》诗："至今思项羽，不肯过江东。"清林则徐《次韵答陈子茂德培》："关山万里残宵梦，犹听江东战鼓声。"（见汉语大词典编纂处编《汉语大词典》第5卷，汉语大词典出版社，2003年，第918页。）

望海亭赋

范成大

会稽太守参政魏公[①]，作望海亭于卧龙之巅，率其属为歌诗以落成[②]，录与书来，且使赋之。余谨掇其膏馥之余，拟赋一首以寄，后日获从杖屦[③]，其上于山川之神，尚有旧焉。其辞曰：

诸侯之客，有来自东，而姹[④]会稽之游者，曰：佳乎丽哉！越之为邦也。萦山带湖，楼观相望；背卧龙[⑤]而崛起，焕丹碧之翚翔[⑥]。跻攀[⑦]下临，顾瞻无旁；平畴[⑧]蔚以稚绿，乔木森其老苍；淙万壑之春声，写千岩之秋光；朝霞暝霏，扶疏微茫。望山河之故墟，吊草木之余社[⑨]。夏后万国之朝，勾践百战之野[⑩]；兴亡梗概，犹有存者。至于流觞泛雪，高人之旧事；浣纱采莲，游女之遗迹[11]。郁溪山之如画，尚仿佛其可识；访故老以问讯，兴慨叹于畴昔。是为游览之大略，而蓬莱[12]观风之所得。虽然，士固多感，而况于对景以怀古，抚事而凝情；往往使人魂断意折，酒澹而歌不平。故丽则丽矣，而未擅乎登临之胜也。

若夫浩荡轩豁，孤高伶俜[13]；腾驾碧寥，指麾沧溟；堕忧端于眇莽，挹颢气[14]于空明；飘飘焉有连鳌跨鲸之意[15]，举莫如望海之新亭。尝试登兹而望焉：沃野既尽，遥见东极；送万折之倾注，艳寒光之迸射；浸地轴[16]以上浮，荡天容而一色。珠辉具芒，矗蛛横霓[17]，快宇宙之清宽，怅百年之逼仄。当其三星[18]晓横，万境俱寂；浴日[19]未动，晨光先激；波鳞鳞而跃金，天晃晃而半赤；赪轮腾上，东方皆白；烟消尘作，栖鸟振翼。俯群动而纷起，寄一笑于遐觌[20]。永我暇日，苒其将夕；饯斜晖于孤嶂，候佳月于沧浦。沉沉上下，杳无处所；惊玉地之破碎，漾银盘而吞吐；忽褰[21]云而涌雾，献霜影于庭宇。夜色既合，初闻钟鼓。觞屡至而不辞，诗欲成而起舞。又若潮生海门，万里一息[22]；浮光如线，涛头千尺。方铁马之横溃，倏银山之崩坼。气平怒霁，水面如席[23]；吴帆越樯，飞上空碧。此亦天下之伟观，然犹未及乎目力。

燕香春容[24]，俗客莫陪；神清意消，徙倚徘徊。天风激吹，波涛阖开；五云[25]明灭，丹宫绛台；睇三山之不远[26]，其为公而飞来。遂招汗漫[27]之胜游，下飙车[28]之逸轨。属紫霄之妙质，侑玉斝之清醴[29]；勤歌鸾与舞凤，寿仙伯[30]以多祉；恍风雨之皆散，但惊尘之四起。悟真灵之不隔，而何有乎弱水[31]之三万里也。

噫！昔之居此者多矣，曾靡暇于经营；逮山灵之效奇，发遗址于岩扃[32]。殚妙巧于天藏，超埃壒[33]而上征；极观听之所接，遂杳渺而难名。嗟此乐之无央，与来者而同登。决眦荡胸[34]，雪其尘缨[35]；且

安知前日之苍烟白露，断蔓而荒荆㊱者哉！顾客子之所能道者，才管中之一斑㊲；惟览者之自得，会绝景于凭阑。心凝神释。浩如飞翰；而后知兹亭之仙意，而凌虚御风㊳之无难。主人瞿然而起曰：有是哉！吾将观焉。

* 选自《范石湖集》诗集卷三十四，宋范成大撰、富寿荪标校，上海：上海古籍出版社，2006年。

① 会稽：郡名。秦王嬴政二十五年立，治所在吴（今江苏苏州），东汉后移治山阴（今浙江绍兴）。宋为绍兴府。参政：参知政事简称。魏公：即魏杞，字南夫，绍兴十二年进士，乾道二年自给事中、权吏部尚书，除同中书门下平章事，兼参知政事。

② 原指古代宫室建成时举行祭礼，后指建筑工程完工。

③ 古老人出行，须持杖着屦，故杖屦可代指老人出行。此处指跟随魏公。

④ 姹：夸耀。司马相如《子虚赋》："子虚过姹乌有先生。"李善注："姹，夸也。"

⑤ 卧龙：山名。在绍兴县治后，后改名为兴隆山。

⑥ 翚翔：形容楼阁壮丽，状如飞鸟展翅。翚：五彩山雉。

⑦ 跻：登也。跻攀：攀登。

⑧ 平畴：平旷的田野。

⑨ 故墟：即吴国、越国的故都遗迹。草木之余社：吴、越的祭祀之所已经湮没在荒草中。

⑩ 夏后万国之朝：《史记·夏本纪》："禹于是遂即天子位，南面朝天下，国号曰夏后。"禹曾会诸侯于会稽。勾践百战：越王勾践曾多次在此与吴王作战。

⑪ 流觞泛雪：指曲水流觞，王羲之《兰亭集序》："又有清流激湍，映带左右，引以为流觞曲水，列坐其次。"浣纱采莲：指西施曾在苎罗山下临溪浣纱，曾在香溪上采莲。

⑫ 蓬莱：比喻此地宛如仙境。

⑬ 伶俜：孤立无依之状，指望海亭孤立山顶。

⑭ 挹：指把液体盛出来。《诗·小雅·大东》："维北有斗，不可以挹酒浆"。颢气：洁白之气。班固《西都赋》："轶埃壒之混浊，鲜颢气之清英。"

⑮ 连鳌跨鲸：扬雄《羽猎赋》："乘巨鳞，骑鲸鱼"，代指成仙。

⑯ 地轴：张华《博物志》："昆仑山东北，地转下三千六百里，有八玄幽都方二十万里。地下有四柱，四柱广十万里。地有三千六百轴，犬牙相举。"此处以地轴代

指大地。

⑰ 蝀:即蝃蝀,虹的别称。《诗经·鄘风·蝃蝀》:“蝃蝀在东,莫之敢指”。霓:虹的外环。

⑱ 三星:《诗经·唐风·绸缪》:“绸缪束薪,三星在天。”此处为参宿三星。

⑲ 浴日:《淮南子·天文》:“日出于旸谷,浴于咸池。”指太阳刚从水面升起。

⑳ 群动:指众生万物。遐觌:远眺。觌,指观察、察看。

㉑ 褰:散开。《水经注》:“自非烟褰雨霁,不辨此远山矣。”

㉒ 一息:一呼一吸之间,指极短的时间。

㉓ 崩坼:倒塌断裂。元结《异泉铭并序》:“山巅是秋崩坼,有穴出泉。”霁:此处指波浪平息。

㉔ 燕:同“宴”。舂容:钟声回荡相应。

㉕ 五云:指青、白、赤、黑、黄五色之云,即祥云。

㉖ 睇:看。三山:传说中海上的三座仙山。《拾遗记》:“三壶,则海中三山也,一曰方壶,则方丈也;二曰蓬壶,则蓬莱是也;三曰瀛壶,即瀛洲也,形如壶器。”

㉗ 汗漫:形容水势浩荡。

㉘ 飙车:御风而行的神车,用以形容速度之快。

㉙ 斝:指古代的一种酒器,圆口,三足。清醴:清澈的酒。

㉚ 仙伯:众仙之长,此处代指望海亭的主人。

㉛ 弱水:指难渡之水。《海内十洲记·凤麟洲》:“凤麟洲,在西海之中央,地方一千五百里,洲四面有弱水绕之,鸿毛不浮,不可越也。”

㉜ 扃:门。岩扃,岩洞之门,代指隐居之处。

㉝ 埃壒:尘土。班固《西都赋》:“轶埃壒之混浊,鲜颢气之清英。”

㉞ 决眦荡胸:睁大双目远望,心潮澎湃。杜甫《望岳》:“荡胸生层云,决眦入归鸟。”

㉟ 雪其尘缨:比喻忘却世俗之事。

㊱ 苍烟白露、断蔓荒荆:比喻世事变化无常。

㊲ 管中之一斑:形容只看到了事物的一小部分,还没有全面领略。

㊳ 凌虚御风:乘风而行。《庄子·逍遥游》:“列子御风而行。”

作者简介

范成大(1126—1193),字致能,号石湖居士,吴县(今江苏苏州)人。南宋文学家。绍兴二十四年(1154)进士,历任中书舍人、四川制置使、参知政事等职。卒谥文穆。著有《石湖大全集》一百三十卷,今已佚失部分。另有《石湖诗集》《石湖词》《桂海虞衡志》《揽辔录》《骖鸾录》《吴船录》《吴郡志》等著作传世。

题 解

范成大的《望海亭赋》虽为受人所托之作,但在内容结构的安排上却颇具匠心。该作在结构上模仿了汉大赋中主客对话的形式,假借"诸侯之客"之口,先叙越地的自然景色与人文历史,极言其山水秀丽、文采风流。继而笔锋一转,言游览风景"故丽则丽矣,而未擅乎登临之胜也"。然后选取典型,浓墨重彩地描绘望海亭上日出东隅之璀璨、月照惊涛之壮丽。最后超凡入仙,想象与神人欢宴共饮,颇具浪漫情调。全赋意境开阔,极貌写物,遣词新巧,且用事不多,毫无板滞之弊,不愧为酬酢佳篇。

集 评

《望海亭赋》设客辞以夸之。(宋黄震《黄氏日钞》)

范成大还有《望海亭赋》及《荔枝赋》在写景抒情的技巧上亦有可观。《望海亭》写天容海色,尤极妍丽,惜均无深意。(马积高《赋史》)

《望海亭赋》纵笔铺排凭栏远眺,沧海壮阔,潮起云涌,形象地展现了积极入世的情怀。(刘培《两宋辞赋史》)

游朱方赋

朱德润

丁亥之冬,侨寓朱方①。客有谈江山之胜,约予重游焉。于是携酒肴,抠衣蹑屩,纵步山城之下。残雪既消,寒烟弄晴。长江浩瀚,海门东倾。西连建业,北眺广陵②。碧树参差,岚光相萦。浮玉峙于中流，焦阜屹其稜层。甘露构而多景扁，华阳逸而《瘗隺铭》[3]。山横北固，水浩中泠。西津喧兮归渡晚，瓜步隔兮风帆轻[4]。汩云涛之千顷，寔可壮游观而濯襟缨。

客曰：子方登高而望远，荡潇洒之心胸。独不知南徐之旧镇，历六代而提封。晋宋则表其天限，齐陈则矜其地雄。梁则金瓯无缺，吴则铁瓮城空。郡实浙西之障，山为江左之冲。近有虎跑之泉，远有鹘栖之峰[5]。京岘高兮龙目并，曲阿下而练湖滦[6]。黄鹄旋西，白兔驰东。杜鹃开而鹤林[7]仙去，狼石卧而谋臣筭同。崇丘升兮五州见，卯港埭兮千艘通。碧瓦鳞次，朱楼翠重。其阳则阡陌之饶，其阴则岩峦之丛。包吴越而带楚尾，引淮泗而疏汴中。兹岂非京口之壮观，而为南郡之所崇哉？

余谓客曰：子既已悉兹境之盛，曾未厌于吾心。盖山川非人不胜，郡望惟前贤之登临。余既与子观江流而知海纳，盍亦思往古而评来今。昔也江表，为镇为牧，转运节度，刺史都督。世代旋移，几千万人之相躅。晋则谢玄桓中[8]，唐则韩滉德裕[9]。旌旄拥于江皋，貔貅夹于津渡。辨士谋臣，歌姬舞女。蜗触蜂衙，蝇钻蛆聚。莫不乐其功赏，夸荣前度。伟言论于青史，骋英豪于兹土矣。观其踊跃功名，际遇风云。凌厉山川，指麾民人。恍千古如一日，追陈迹而无存。慨江流之如昨，情百感而难陈。吾方与子揽江山之胜概，濒渔樵之洲岛。渺天地之一身，若惊尘之栖草。嗟既往之难留，思无穷之奚了。于是挹林风而振长袂，坐盘石而饮清流。知天命之已定，与造物而同游。任去来之自得，复遑遑兮何求。

* 此为节选。据《历代辞赋总汇·明代卷》，马积高编，北京：中华书局，1958 年。

① 朱方：春秋时吴地名，在今江苏省镇江市丹徒区东南。

② 海门：今江苏海门。建业：今江苏南京。广陵：今江苏扬州。

③ 甘露：甘露寺，于镇江北固山上。多景：多景楼，在甘露寺内。华阳：华阳

镇，位于镇江。瘗隺：镇江焦山江心岛有摩崖石刻，题为《瘗鹤铭》。

④ 西津：镇江西云台山麓的古街。瓜步：瓜埠山，在今南京。

⑤ 虎跑：即虎跑泉，位于浙江杭州大慈山白鹤峰下的慧禅寺。鹘栖：指山东省艾山，因西边悬崖上有天然石洞，雕鹘栖之为巢。

⑥ 龙目湖：位于镇江，南朝宋刘桢《京口记》云："秦王东游，观地势，云：'此有天子气。'"。练湖：人工湖，位于江苏丹阳县。

⑦ 鹤林：鹤林寺，在今镇江市。

⑧ 谢玄、桓中（应为桓冲），在东晋分别任广陵刺史、江州刺史，在此筹建军队，为淝水之战的胜利提供了军事力量。

⑨ 韩滉：唐代宗大历二年起，任苏州刺史、驻扎于石头城。李德裕：唐文宗开成二年，任淮南节度使。

作者简介

朱德润（1294—1365），字泽民，号睢阳山人。睢阳（今河南商丘）人，流寓吴中。元代诗人，善诗文；工书法，格调遒丽；擅山水，初学许道宁，后法郭熙，多作溪山平远、林木清森之景。仁宗延祐末年，以荐授翰林应奉，兼国史院编修。著作有《存复斋文集》。

题　解

本篇作为游览赋，描写了冬日雪后登高远眺朱方的游览历程。首先介绍朱方之地理环境，再借客人之口介绍朱方附近的风景与名胜，又由作者本人回想此地风云人物及历史。一番慷慨激昂后，最终归于平淡，追求知天命、来去自得的心境状态，体现了道家思想的影响。

吴山赋

汪克宽

天泬寥而清旷兮①，金风淅淅而萧森②。驾言驰骛于西澨兮③，绁予马于虎林[4]。寓遐瞩于此邦兮，爰陟吴山之高岑[5]。苔梯石磴萦九折之委蛇[6]兮，蹑巉嵒[7]而登临。跻嶵嵬[8]之峻顶兮，眺奇巘之嵚崟[9]。倚太虚而峭拔兮[10]，嶕崪崱屴[11]不知其几层。根盘数千里而广袤兮，周回纡郁于坤垠[12]。层崕倚披而鹏翅兮[13]，叠峰崚嶒而虬鳞[14]。烟云歕薄[15]其万状兮，日月蔽亏[16]于夕晨。草木畅茂而异香芬郁兮，灵奇恍惚而升沉。东望则海门之岞嶺兮，三岛负鳌[17]而赑屃。天日渺以西至兮，万石飞来而错峙[18]。左西湖之瀇瀁兮[19]，汇冰壶而清泚[20]。淛江右带而混瀚兮[21]，惊湍滮潏而淵潩[22]。纷总总其上下兮，艅艎舳舻相属于千里[23]。下窥阛阓之衍迤兮[24]，楼观巍峩而叠起。衢道[25]衡纵而如画兮，车马骈阗于九轨[26]。异珍辐凑以咸萃兮，委南金[27]而象齿。大府屹立于雄藩兮，甍栋翚飞而丽美。台星[28]耿耿而旁烛兮，阇婆[29]流球会同而至止。挹佳气而扗笏兮，伟翠屏之若倚。繄是山之钟秀兮，肇玄黄之开辟。顾名号之曷从始兮，繇泰伯文身而建国[30]。阖闾挥戈而驾楚兮，夫差奋矛而栖越。何西施之婵媛[31]吾以为好兮，赐属镂于婞直[32]。勾践长驱而沼吴兮，胥泛遗忠于潮汐。银屏雪屋冲突于山趾兮，存英雄之遗迹。丛祠屹于崇冈兮，荐馨香于明德。高风棱棱[33]而与此终古兮，镇坤舆以无极。歌曰：

大块流形，峙危阜兮。句吴祚土，锡分守兮。伍员鲠直，忠肝剖兮。命祀千载，怒潮吼兮。圣人驭极，一宇宙兮。拳石海堧[34]，如培塿兮。雄藩重镇，永遐久兮。蛮夷卉服，拜稽首兮。我皇抚运，亿万寿兮。抽思作颂，贻不朽兮。

* 选自《历代辞赋总汇》第五册金元卷，第 4473 页，马积高编，长沙：湖南文艺出版社，2014 年。

① 泬寥：即“清旷”，清朗空旷的样子。

② 金风：秋风。张协《杂诗》：“金风扇素节，丹霞启阴期。”淅淅：这里形容轻微

的风声。

③ 驾言：即驾车。言：语助词。驰骛：奔驰。《楚辞·东方朔》："驾青龙以驰骛兮，班衍衍之冥冥。"西淛(zhè)：淛同"浙"，下文同，浙江之西。

④ 绁：捆，拴。虎林：即武林，指杭州武林山。

⑤ 爰陟：爰为句首语气词，陟，登高。高岑：高山。

⑥ 委蛇：曲折绵延的样子。《楚辞·离骚》："驾八龙之婉婉兮，载云旗之委蛇。"

⑦ 巉嵒：高而险峻的山岩。嵒，同"岩"。

⑧ 嶵(zuì)嵬：高峻的样子，王延寿《鲁灵光殿赋》："瞻彼灵光之为状也。则嵯峨嶵嵬。峞巍𡾍𡾊。"

⑨ 嵚(qīn)崟(yín)：高峻。张衡《思玄赋》："嘉曾氏之归耕兮，慕历阪之嶔崟。"张铣注："嶔崟，高貌。"

⑩ 太虚：天空。孙绰《游天台山赋》："太虚辽廓而无阂，运自然之妙有。"李善注："太虚，谓天也。"

⑪ 崷(qiú)崒(zú)：高峻义，班固《西都赋》："岩峻崷崒，金石峥嵘。"李善注："崷，高貌也。"吕延济注："崷崒、峥嵘，高峻貌。"崱屴：高大挺拔。王延寿《鲁灵光殿赋》："崱屴嵫厘，岑崟崰嶷，骈巃嵸兮。"李善注："皆高大峻险之貌。"

⑫ 坤垠：边陲。柳宗元《剑门铭》："井络坤垠，时惟外区。界山为门，环于蜀都。"

⑬ 崕：同"崖"。翃(xuè)：飞。

⑭ 崚(léng)嶒(céng)：高峻突兀。沈约《钟山诗应西阳王教》："郁律构丹巘，崚嶒起青嶂，势随九疑高，气与三山壮。"虬鳞：这里形容山势曲折如龙。

⑮ 歕(pēn)薄：喷薄，喷涌。

⑯ 蔽亏：因遮蔽而若隐若现。

⑰ 三岛负鳌：传说中东海的蓬莱、方丈、瀛洲三座仙山由巨鳌所驮。

⑱ 错峙：交错耸立。峙，屹立。

⑲ 瀇(wǎng)瀁(yǎng)：形容水深广无边。

⑳ 清泚：清澈。谢朓《始出尚书省》诗："邑里向疏芜，寒流自清泚。"

㉑ 混瀚：混沌浩瀚。

㉒ 淜(pēng)濞(bì)：水流声。郭璞《江赋》："注五湖以漫漭，灌三江而淜沛。"李周翰注："淜沛，流声。"

㉓ 艅艎：大船。舳舻：首尾相接的船只。

㉔ 阛(huán)阓(huì)：市中的街巷。左思《魏都赋》："班列肆以兼罗，设阛阓以襟带。"吕向注："阛阓，市中巷绕市，如衣之襟带然。"衍迤：绵延延续。

㉕ 衢道：分叉的街道。《荀子·劝学》："行衢道者不至，事两君者不容。"

㉖ 骈阗：聚集。潘岳《西征赋》："华夷士女，骈阗逼侧。"九轨：可容纳九辆车并行的大路。《周礼·考工记·匠人》："国中九经九纬，经涂九轨。"

㉗ 南金：南方产的铜，后借指珍贵之物。《诗·鲁颂·泮水》："元龟象齿，大赂南金。"白居易《酬张太祝晚秋卧病见寄》诗："何以报珍重，惭无双南金。"

㉘ 台星：三台星。《晋书·天文志上》："三台六星，两两而居，起文昌，列抵太微。一曰天柱，三台之位也。在人曰三公，在天曰三台，主开德宣符也。"

㉙ 阇婆：古国名。约位于今印尼爪哇岛或苏门答腊岛。

㉚ 泰伯文身而建国：用泰伯让国、断发文身之典。泰伯，周太王古公亶父长子，季历之长兄。古公亶父欲传位于季历，泰伯乃与弟仲雍避至江南，自号句吴。

㉛ 婵媛：姿态美好的样子。

㉜ 婞(xìng)直：倔强；刚直。《楚辞·离骚》："曰鲧婞直以亡身兮，终然殀乎羽之野。"

㉝ 棱棱：寒冷的样子，这里更多形容风力强劲。鲍照《芜城赋》："棱棱霜气，蔌蔌风威。"

㉞ 海堧(ruán)：海边的意思。

作者简介

汪克宽(1301—1396)，字德辅，别号环谷，祁门(今属安徽)人。生于元成宗大德五年，卒于明太祖洪武二年，元泰定中，参与会试被黜，遂弃科举转而研究经学。洪武初，参与修《元史》。著有《环谷集》八卷，《经礼补逸》九卷，又有《程朱易传义音考》《诗集传音义会通》，并传于世。

题　解

吴山是位于西湖附近的山地，古时是吴越两国之边界地带，故极易引起人对吴越战事的想象。本赋正是以这样的一座吴山作为写作对象，它铺排了吴山的高峻险绝，以及山势的奇险怪诞、变化万千，进而又表现了由吴山俯瞰吴越所见的“衢道衡纵”“车马骈阗”的场景，最终又由吴山之地而联想到泰伯、阖闾、勾践等吴越历史上的英雄人物，表达了对这些英雄人物的怀念和咏叹。多用生僻字、生僻词汇是该赋的又一大特点。

何山赋

宇文公谅

环苕阳之诸山，蔚金盖兮深秀。绿靡靡以旁围，青遥遥而横袤①，擅奇胜于览观，纷应接于左右。晋贤何楷于焉读书，爰②守是邦，以游以娱。山因之以得姓，人已往而遗居。是犹墩之有谢，溪之有冉者乎③。观其修林蔽日，群峭摩天，表金峰以前拱，拥青坞而旁连，步锦嶂兮云麓，聆琴筑兮涧泉④，是虽地设，实出天然。灵祇献瑞，梵宇扃禅，阁流丹兮凤翥⑤，瓦浮碧兮鸳联，华鲸⑥铿以响逸，清磬发而声圆，挂苍猿于萝磴⑦，栖白鹤于松烟。若乃峰回路转，绣错绮缛，道场之胜，境实相属。仰彻兮云峰，俯窥兮幽谷。罗幡幢兮杳霭，韵檐铃兮断续⑧。岩花兮纷红，涧草兮骇绿。信造化之钟秀，实吴兴之所独。是以梁则吴柳，宋则苏仙，⑨或饯客以成咏，或游吊而缀篇，或载于图经之旧，或镵⑩于金石之坚，悉班班而可考，名与山而俱传。惟我文昭，倡道湖学⑪，振文铎于东南，罗佩衿之森若，彻琅音于冕旒，构瑰材于榱桷，封马鬣于云根，山含辉而蕴璞⑫。至于春秋致祭，邦侯莅止，粲文物之洋洋，集衣冠之济济。黍稷馨香，牺牲丰备，严恭俨恪，罔敢忽易。奠余分胙⑬，乃复留憩，或畅情于杯觞，或寓意于山水，垂遗典于不刊，实兹邦之盛事。嗟夫！水不在深兮，有龙即灵；山不在高兮，有贤即名。悯异端之害正，遽遗莽于荒榛，赖天道之好还，喜家毡之复青⑭。虽废兴之有数，繇⑮人心之本

明,雪污辱于既往,思捣穴而犁庭⑯,揭体用之昭昭,破昏蒙之冥冥,庶安定⑰之何麓,犹宣尼之孔林。揆⑱愚生之贸贸,深有慕乎芳馨。读遗书以私淑⑲,每拳拳而服膺。登诸山以骋望,增感慨于中心,时不可以再得,聊抒意于斯文。

* 选自《历代辞赋总汇》第五册金元卷,第 4279—4280 页,马积高编,长沙:湖南文艺出版社,2014 年。

① 何山:在乌程县(今浙江省湖州市)南,因晋何楷曾居此而得名。苕阳:古地名,在吴兴。《嘉泰吴兴志》中载吴兴有苕阳坊。唐代陈陶《吴兴秋思二首》:"日夕鲲鱼梦南国,苕阳水高迷渡头"。金盖:《嘉泰吴兴志》引沈括《地志》云:何山亦曰金盖山,晋何楷居此习儒业,楷后为吴兴太守,改金盖山为何山。袤:距离远。

② 爰:于是。

③ 谢公墩:谢安宅遗址。《太平寰宇记》:金陵谢公墩在冶城北,以谢太傅名。王安石有《谢公墩》诗。冉溪:柳宗元《愚溪诗序》:"灌水之阳有溪焉,东流入于潇水。或曰:冉氏尝居也,故姓是溪为冉溪。"

④ 摩天:迫近天空。阮籍《咏怀》之四九:"高鸟摩天飞,凌云共游嬉。"坞:山坳。锦嶂:山峰。

⑤ 祇:地神。扃禅:闭门禅修。翥:鸟向上飞。宋之问《度大庾岭》:"魂随南翥鸟,泪尽北枝花。"

⑥ 华鲸:钟和刻绘鲸鱼形状的撞钟之木,亦泛指钟。黄庭坚《题净因壁》:"履声如渡薄冰过,催粥华鲸吼夜阑。"

⑦ 磴:石头砌的台阶。

⑧ 幡幢:立竿上悬挂单层或多层伞盖状丝织物。多见于寺庙。檐铃:悬于塔檐殿角的铃铛,主要用于驱逐在屋檐下筑巢的鸟类。

⑨ 梁则吴柳:柳恽梁时为吴兴太守,吴均与柳恽善,有《同柳吴兴何山集送刘余杭》诗。宋则苏仙:宋代苏轼有《游道场山何山》诗。

⑩ 镵:刺,刻。

⑪ 文昭:即胡瑗(993—1059),字翼之。北宋初年学者。庆历二年至嘉祐元年历任太子中舍、光禄寺丞、天章阁侍讲等,著有《周易口义》《洪范口义》《论语说》等。湖学:胡瑗执教湖州,分经义与事务两科,其弟子多至数千人,时称"湖学",其

学说侧重于实用。张镃《仕学规范·为学·胡安定言行录》:是时方尚辞赋,独湖学以经义及时务为先。故学中有经义斋、治事斋。经义斋者,择疏通有器局者居之。治事斋者,人各治一事,又兼一事,如边防水利之类。故天下谓湖学多秀彦,其出而筮仕往往取高第。及为政,多适于世用。

⑫ 冕旒:代指皇帝。瑰材:代指有才能的人。榱桷:屋椽。马鬣:代指坟墓。云根:深山云起之处。

⑬ 分胙:祭祀完毕分享祭神之肉。

⑭ 家毡之复青:语出裴启《语林》:"王子敬在斋中卧,偷人取物,一室之内略尽。子敬卧而不动,偷遂登榻,欲有所觅。子敬因呼曰:'石染青毡是我家旧物,可特置否?'于是群偷置物惊走。"

⑮ 繇:从,由。

⑯ 捣穴而犁庭:比喻彻底摧毁敌方。《汉书·匈奴传下》:"固已犁其庭,扫其闾,郡县而置之。"

⑰ 安定:胡瑗家族世居安定(今陕西子长县),故学者习称其安定先生。

⑱ 揆:揣测、估量。

⑲ 私淑:没有得到某人的亲身教授,而又敬仰他的学问并尊之为师、受其影响的,称之为私淑。

作者简介

宇文公谅(1292—?),字子贞,吴兴(今浙江吴兴)人。至顺四年(1333),登进士第,授徽州路同知婺源州事,历同知余姚州事、高邮推官、国子助教,调应奉翰林文字、同知制诰,兼国史院编修官,因病告归。后召为国子监丞,除江浙儒学提举,改佥岭南廉访司事,后因病致仕。卒于元末明初,门人私谥曰纯节先生,著有《折桂集》《观光集》《辟水集》等。

题　解

此赋虽写吴兴何山,然侧重点不在何山的风景花鸟,而在于何山的人文历史,作者在赋中曾明言,他此次来何山,非为游山玩水,而是"至于春秋致祭,邦侯莅止……奠余分胙,乃复留憩",是以书写的中心在于追慕前贤遗风。从晋之何楷、到梁之柳恽和吴均、宋之苏轼，以及重点表现的安定先生胡瑗，均是在地域文化史中留下印记的人，因此都被纳入了赋作的书写范围，成为何山文脉不断的证明。作者素以端严自居，此赋亦质直少灵动，盖文如其人乎？

·江南相关知识·

何山

何山又名金盖山，在湖州城南7公里处，主峰海拔为292.6米。因晋何楷曾居此修习儒业而得名。金盖山林木幽深，山南有下菰城遗址，山腰有古梅花道观，历来是湖州南郊的风景佳处，旧有"金盖二十八景"之说，其著名者有：金盖出云、菰城晚烟、梅岛晴雪、荻港夜泊、溪亭渔隐、章岭松涛、春谷梅隐等。金盖山亦是亦人文胜地，梁代的柳恽、吴均，唐代的颜真卿，宋代的苏轼都曾到此游览，留下了不少佳作名篇。

琼花赋

陈养元

予尝入朝皇国①，假道广陵②。闻竹西之芍药未紫，讶隋堤之杨柳才青③。雨暖二十四桥以初霁，水新三十六陂而欲平④。星查暂舣⑤，羽盖聊停。晋谒后土之仙馆⑥，稔⑦闻琼树之芳名。时则万花璀璨，满树敷荣。一朵则九苞香蕤，中心则众蕊攒成。真世间之罕有，宜海内之争称。诞未知种乃曷从以得根，自何代而生也。

方徘徊于仙台之下，而凝伫于无双之亭⑧。少焉，羽衣者出，黄冠祇迎⑨。揖予而进曰：某知夫子之意，其欲知乎，花之根柢为琼乎？江淮育秀，山川钟灵⑩。自汉已有封号，及唐而见褒旌⑪。心先天之一白，气两间之至清⑫。藐牡丹姚黄魏紫⑬之富贵，鄙桃李元陵伍园之轻盈。唐昌之玉蕊未可比丽，蓬洲之琪树难与类评⑭。惟其独擅潇洒，自抱洁贞。所以杰立天中，超出尘外；美则绝伦，高尤拔萃。俯若凝神，仰若抗志⑮；背若腼颜⑯，向若会意。顾一盼以一回，不多娇而多媚。自有一种之风神，比极万般之标致也。方其浓雾勃郁，春寒未除；细蕊才缀，芳苞未舒。繁错杂以相间，亦小大之或殊。貌焉若俯目，焉如濡初⑰。疑洛浦神女觌鲛人之泣珠也耶⑱？及乎淑气⑲既熏，旭日初煦。亚细阑以低垂，亸⑳玉钗而半坠。起若无力，倦若思睡。殆非馆娃西施中宿酒而犹醉也耶㉑？其或朝雨乍霁，冷露未晞㉒。粉其腻乎香脸，膏其润乎玉肌。倚而款款，出而迟迟㉓。又岂不犹贵妃玉环乍浴于华清之池者欤？若乃柔枝袅娜，微风褰举。曳瑶琚以趋跄，振缟衣而俣俣。又岂不犹赵家飞燕溯回风而漫舞者欤㉔？既或琼出树杪，半躲枝头。俨倚绮窗以凝盼，若掩纨扇以遮羞。或露半面，或欲迟留。非高居仙子之倚琼楼乎！至于香飘落英，玉脱残片，恍天香之远飘，逖天花之飞散。仰之若有，掇之不见。又非素女琼英飞升之变现乎㉕！是盖天产奇物，造化主司㉖。然或有时而荣悴，系乎气化之盛衰㉗。在唐中叶与花最宜，八方都会于扬郡，万民游乐于蕃厘，弦管喧沸，车马驱驰。十里楼台，迥朱帘之半卷；六街夜市，晃尽烛之交辉。匪一春而若比，亦常日以如斯。天下过客宁吝金以来赏，四方文士多属笔以留题。所以重无双之号，信为天下之奇也。暨以世殊事异，物旧人非，空花倚树春寂寂，宿草满地烟凄凄。兔坑狐迹，雀喧乌啼。靡不慨古以叹息，谁无抚景以悲凄。今也值圣人之在御，当景运之昌期。谅是花之载盛，必有胜于前时也㉘。

于是黄冠颔首，乃扬歌曰：后土有灵兮时泰来，琼花未老兮当复开；无双亭前兮鸾鹤陪，望琼仙兮下瑶台㉙，俾吾民兮俱乐哉。予亦

倚而和之曰：琼仙复来兮春日长，琼花复开兮春风香；千人万人来看兮乐时康，共祝蕃厘[30]兮寿吾皇。吾皇万岁万岁，分福无疆，此花烨烨兮耀恩光[31]。歌已，一笑，长揖欲别，笔之于壁，以纪始末。

＊《扬州文选》，马家鼎选注，苏州：苏州大学出版社，2001年，第183—184页。

① 皇国：都城。

② 广陵：今扬州。

③ 竹西：代指广陵（扬州），杜牧《题扬州禅智寺》："谁知竹西路，歌吹是扬州。"姜夔《声声慢》："淮左名都，竹西佳处……念桥边红药，年年知为谁生？"隋堤：隋炀帝时开通济渠，沿河建造堤坝，并在其上种植杨柳。杜牧亦有《隋堤柳》诗。

④ 二十四桥、三十六陂（bēi）：均扬州名胜，富于江南特色，且经大诗人题咏。杜牧《寄扬州韩绰判官》："二十四桥明月夜，玉人何处教吹箫。"王安石《题西太一宫壁》："三十六陂春水，白头想见江南。"

⑤ 查：木筏，这里指船，"星查"形容船多。舣：停泊。

⑥ 晋谒：进见、拜谒。后土之仙馆：扬州后土祠，后土乃土地神。

⑦ 稔（rěn）：熟悉。

⑧ 无双之亭：庆历年间，欧阳修知扬州，于后土祠建琼花亭，亦称"无双亭"。

⑨ 羽衣、黄冠：均道士装束，此处代指道士。

⑩ 江淮育秀，山川钟灵：长江和淮河养育了琼花的秀气，山川将自己的灵气聚集于琼花。

⑪ 相传汉代扬州城东已有琼花，时人特为之建"琼花观"。又传说扬州后土祠在唐代有琼花，如宋敏求《春明退朝录》云：扬州后土庙有琼花一株，或云自唐所植，即李卫公所谓玉蕊花也。（后人多以为琼花与玉蕊花不同，陈养元亦持此看法，故下文云"唐昌之玉蕊未可比丽"。）

⑫ 先天之一白：写琼花与生俱来之纯洁。两间之至清：谓琼花乃天地间最清洁者。

⑬ 姚黄、魏紫：皆牡丹名种，欧阳修《洛阳牡丹记》曾记这两种牡丹之受欢迎：姚黄者，千叶黄花，出于民姚氏家。此花（按：指魏紫）初出时，人有欲阅者，人税十数钱。

⑭ 唐昌之玉蕊：唐代唐昌观有玉蕊花，乃一时之名胜，当时大诗人多有题咏，如王建有《唐昌观玉蕊花》诗。蓬州：即蓬莱，传说中的仙境；琪树：即玉树。

⑮ 抗志:志向高尚。

⑯ 腼颜:面带羞涩。

⑰ 俯目:低下头。濡:润泽。

⑱ 洛浦神女:传说中的洛水女神,也即伏羲之女宓妃。鲛人之泣珠:传说居住在海底的鲛人流下的泪珠乃珍宝,此处喻琼花上之晨露。

⑲ 淑气:温和怡人的气息。

⑳ 亸(duǒ):下垂。

㉑ 西施:传说中的越国美女,为吴王夫差所宠幸。这里是以醉酒的美女喻指琼花的姿态。

㉒ 晞(xī):干。

㉓ 款款、迟迟:皆缓慢状,这里是以在华清池沐浴的杨贵妃比喻琼花的体态。

㉔ 袅娜:细长柔软状,亦形容女子体态轻盈柔美。褰(qiān)举:揭起、举起。瑶琚(yáo jū):(用于佩戴的)美玉。趋跄:快步走。缟(gǎo)衣:白色的绢衣。俣俣(yǔ yǔ):容貌高大而美。这里是用汉代善舞的美人赵飞燕比喻琼花的美丽。

㉕ 落英:落花。残片:这里指花瓣。仰之若有,掇(duō)之不见:琼花漫天飞舞时,四处都可看见,却难以拾取。素女:传说中的女神。琼英:似玉的美石。这里以神女和美玉喻指在风中飘散的琼花。

㉖ 造化:大自然。这里以"天产奇物,造化主司"作一小结,将琼花超凡脱俗之美归于大自然的创造。

㉗ 荣悴:草木的盛衰。气化:泛指阴阳之气化生万物。此谓琼花的盛衰乃是由阴阳之气的变化(实际上是时代的变化)决定的。

㉘ 虽然传说琼花在汉代已经种植于扬州,但实际上扬州琼花还是在唐代最为繁盛,亦最受追捧。以上数句,就是极言琼花在唐代的盛况。并描写了此后的不被重视,作为对比。而既然琼花之盛衰与时代有关,那么作者在最后自然要强调琼花在他的时代又会繁盛。

㉙ 鸾鹤:鸾与鹤,传说中仙人乘坐的禽鸟。瑶台:传说中仙人居住的地方。

㉚ 蕃厘:蕃厘观,宋徽宗政和年间,唐昌观改名"蕃厘观"。

㉛ 烨烨:光鲜明亮状。恩光:(皇上的)荣宠。

作者简介

陈养元,名浩,元代庐陵(今江西吉安)人,生平不详。

题解

扬州是江南名城，素来以繁华著称；琼花是扬州名花，至少在唐代已经享誉全国，而且据说只在扬州可见。名城与名花，相得益彰，交相辉映，于是就有了元人陈养元的这篇《琼花赋》。此赋采用了传统的体式，以作者和道人的对话展开，借着对话，讲述了琼花的前世今生，也铺排描摹了琼花的千姿百媚。作者善于用喻，以美人、美玉等美好的人、物多方作比，又对不同时期、不同形态的琼花作了详细的勾勒，这篇赋，可说是一幅纤毫毕现的工笔画。

江南相关知识

扬州与琼花

扬州的富贵繁盛，在江南各城中是数一数二的，古人有“腰缠十万贯，骑鹤下扬州”之说。实际上，文学中的扬州，可能比现实的扬州更加迷人。而琼花，正是江南名城扬州富贵繁盛的一个缩影，也是扬州之所以迷人的一个重要原因。关于琼花和扬州，有几个著名的传说，其中最有名的可能是隋炀帝的传说。生长在北方的隋炀帝极爱江南，这于史有征。而在江南中，隋炀帝又特别钟情扬州。于是，明代小说《隋炀帝艳史》甚至说，隋炀帝开凿运河、南下江南，就是为了到扬州观看琼花。传说之外，宋代开始，关于琼花的诗文越来越多，如张问有《琼花赋》。历史、诗文与传说的合力，使得扬州人民愈发喜爱琼花。今日扬州的市花，便是琼花。

浙江赋

沈　干

鸿蒙①分，鳌极②立。五行生，水居一。藐东南之海隅③，涌大川之洋溢。此浙江之所以气象宏伟，不可得而具述也。一棹游览，爰求其源，黄山屹然，其下为泉。初焉渺渺，已而绵绵。会东阳之别派④，暨大永之清涟，合众流而共趋，羌脉络其联延。历延陵而为七里之濑⑤，注钱塘而涵万顷之天。浩荡弥漫，澎湃汩潏⑥。接海气兮浮乾坤，吐天光兮吞日月。薄雾朝敛，沧波镜明。长风莫兴，巨浪山立。鱼龙或变而或化，蛟鼍⑦乍出而乍没。千艘蚁聚，万舶云集。簇沙际之牙樯⑧，舞潮头之画鹢⑨。萃山海之群珍，致川陆之百物。使三吴之富甲于天下者，实此江之力也。朝马而潮，夕焉而汐。海门喧万鼓之声，江面亘一丝之力。银山嵯峨，雪屋突兀。见者目悸，闻者股栗。乃有轻儇之童⑩，衒耀其术。蹩⑪鲸浪以争趋，舞红绡而特出。轻性命于毫毛，骇观瞻于倏忽。此浙江之异景，而百川不能与为俦匹也。奔流滔滔，如怒如号，胥也何勇，寄遗愤于惊涛⑫；镠也何智，表一矢以著劳⑬。英雄千古，陈迹寂寥。而此江之水，阅今昔犹一朝。话未竟，客有谓予曰：美哉禹功，无往弗施。浙水何为，《禹贡》⑭则遗。《水经》所载，原委无疑。以渐为浙⑮，谁其易之。盖书法所略者，由不费禹功疏凿之所致，而名水之有异者，庸讵非字文讹舛之所为？吾党之士见一物而必格，耻一事之不知，讵可不究夫此江事迹于往昔，而使诧此江景物于一时也哉！赋者于是作而谢，喜而歌曰："越山杳霭兮吴山嵯峨⑯，中有巨川兮与海通波。书固略之予水志岂讹，考舆图⑰而稽故迹兮，亘千古而不磨。"

* 选自《历代辞赋总汇》第五册金元卷，第 4516—4517 页，马积高编，长沙：湖南文艺出版社，2014 年。

① 鸿蒙：天地开辟以前的元气。

② 鳌极：传说中女娲斩断鳌足所立的大地的四极。

③ 藐：通"邈"，遥远意。海隅：海边，海角。

④ 东阳：指东阳江，东阳江出自东白山，注入浙江。别派：指水的支流。

⑤ 延陵：古城邑名。春秋时期吴地邑，公子季札因让国避居于此。故址在今

江苏常州。七里之濑:指七里濑,在今浙江省桐庐县南。其地处两山之间,东阳江绵延七里,故得此名。北岸富春山相传为东汉严子陵隐居垂钓处。

⑥ 汩潏:水流涌动的样子。

⑦ 鼍:鳄鱼。

⑧ 牙樯:船之桅杆,以其顶端尖锐如牙,故名,或认为牙樯指象牙装饰的桅杆。

⑨ 画鹢:船的美称。《淮南子·本经训》:"龙舟鹢首,浮吹以娱。"高诱注:"鹢,大鸟也。画其像著船头,故曰鹢首。"

⑩ 轻儇:轻快,矫健。

⑪ 蹩:通"蹴",踢踏之义。

⑫ 用吴王赐死伍子胥、投尸钱塘江典。《史记》:"吴太宰嚭既与子胥有隙,因谗曰:'子胥为人刚暴,少恩,猜贼,其怨望恐为深祸也。前日王欲伐齐,子胥以为不可,王卒伐之而有大功。子胥耻其计谋不用,乃反怨望。而今王又复伐齐,子胥专愎强谏,沮毁用事,徒幸吴之败以自胜其计谋耳。今王自行,悉国中武力以伐齐,而子胥谏不用,因辍谢,详病不行。王不可不备,此起祸不难。且嚭使人微伺之,其使于齐也,乃属其子于齐之鲍氏。夫为人臣,内不得意,外倚诸侯,自以为先王之谋臣,今不见用,常鞅鞅怨望。愿王早图之。'吴王曰:'微子之言,吾亦疑之。'乃使使赐伍子胥属镂之剑,曰:'子以此死。'伍子胥仰天叹曰:'嗟乎!谗臣嚭为乱矣,王乃反诛我。我令若父霸。自若未立时,诸公子争立,我以死争之于先王,几不得立。若既得立,欲分吴国予我,我顾不敢望也。然今若听谀臣言以杀长者。'乃告其舍人曰:'必树吾墓上以梓,令可以为器;而抉吾眼县吴东门之上,以观越寇之入灭吴也。'乃自刭死。吴王闻之大怒,乃取子胥尸盛以鸱夷革,浮之江中。吴人怜之,为立祠于江上,因命曰胥山。"

⑬ 用吴越王钱镠射潮筑塘典,《宋史·河渠志七》:"浙江通大海,日受两潮。梁开平中,钱武肃王始筑捍海塘,在候潮门外。潮水昼夜冲激,版筑不就,因命强弩数百以射潮头,又致祷胥山祠。既而潮避钱塘,东击西陵,遂造竹器,积巨石,植以大木。堤岸既固,民居乃奠。"

⑭《禹贡》:《尚书》之一篇,中国古代地理名著,相传为大禹所作。

⑮ 以渐为浙:古籍中"浙江"之"浙"常写作"渐",原委可参王国维《浙江考》。

⑯ 越山:泛指钱塘江以南,绍兴以北的山,以此山地处吴越边境附近,又属越国地界,故名越山。杳霭:玄深渺茫义。

⑰ 舆图:地图。

作者简介

沈干,生卒年及生平不详,《青云梯》及《历代赋汇》将其著录为元人。

题 解

浙江一般被认为即是钱塘江,是江南地区的主要河流之一。沈干《浙江赋》是以浙江为书写对象的赋篇。本赋首先描述了浙江所处的空间地理和相关的水系特征,进而又表现了浙江"涌大川之洋溢""藐东南之海隅""接海气兮浮乾坤,吐天光兮吞日月"的宏伟气象,文笔颇有气势,在此基础上作者又复想象浙江中的自然风物和人文情景,写到想象中大江之内的鱼龙变化、蛟鼍出没,并以对伍子胥、钱镠事迹的感叹,表达了英雄代谢,山河终古的经典主题。其中有趣的是在赋篇的最后,作者借"客"的话语,对"浙江"之名和"浙""渐"二字的文献歧异略有涉及,这种以考究入赋的做法颇有意思。

·江南相关知识·

吴山

春秋战国时期,吴山一带是吴越两国的边界,也是兵家争夺最凶猛的地方。当时吴国国都在今苏州,越国国都在今绍兴,"两国屡战于浙江之上"。现在的西兴(那时被称为"固陵")是钱塘江上最早的港口和水军基地。公元前494年,吴王夫差大败越国,越兵退回了绍兴(当时称为"会稽"),现在的杭州则属于吴国。而吴山是吴国最南面的一座山,由此得名。(韩兢:《地名故事》)

吴越吊古赋

吴 宽

嗟予生兮好游,泛扁舟兮夷犹①。渺江湖兮万里,倏然②遑兮不可留。繄世纷之混浊兮，惟山水谐其夙心。览九州之博大兮，吴越僻在乎东南。寻故都之遗迹兮，逝去此而披宿莽[3]。江山依然其高深兮，聊登临以上下。清晖娱人以忘归兮，亦惟怀贤以吊古。念姬周之俶世兮，二国始霸而图王。邻壤之不相能兮，数勤兵以相当[4]。吴启衅以召祸兮，不暇计夫死生与存亡。谓虽雪耻于夫椒兮，卒致夫种之行成[5]。贪美饵而不悟兮，羌自以为得计。孰知鸷鸟[6]之匿形兮，将以肆其击噬。后四十年之有吴兮，果符史墨之得岁[7]。噫嘻！直臣疏兮佞人见亲，自古而然兮，匪独嚭之与负[8]。国灭亡而不救兮，讵全委之于天。殷鉴之不远兮，何无疆之违其祖武[9]。见毫毛而不见睫兮，欲兴师以攘取。求附庸而不可得兮，屈为楚之臣虏。虽覆亡之有先后兮，亦奚异乎吴之末路[10]。悲夫！花落兮故宫，草生兮荒台。社稷兮墟棘，鸱鸮飞兮麋鹿来。恃强力兮为国，虽暂兴兮辄衰。唯有德之不可忘兮，历千载其犹赫赫。揆吴越之鼻祖兮，实夏禹与泰伯。逃荆蛮以让国兮，任泽水以为己责[11]。高风邈其不可及兮，万世犹沐浴其膏泽。瞻清庙兮下车，奠椒浆[12]兮进趋，适于越兮之句吴，归来吾乡兮，遵先哲之坦途。

* 选自《家藏集》卷五十六，四库明人文集丛刊第523—524页，明吴宽撰，上海：上海古籍出版社，1991年。

① 夷犹：从容自得貌，也作"夷由"。姜夔《湘月·五湖旧约》："暝入西山，渐唤我、一叶夷犹乘舆。"

② 翛然：毫无牵挂、自由自在的样子。《庄子·大宗师》："翛然而往，翛然而来而已矣。"

③ 宿莽：古时因卷施草拔心不死，故称为"宿莽"。屈原《离骚》："朝搴阰之木兰兮，夕揽洲之宿莽。"

④ 俶世：即叔世，衰乱之世。《左传·昭公六年》："三辟之兴，皆叔世也。"此两句述春秋时吴越争霸之事。

⑤ 指吴王夫差败勾践于夫椒，文种赴吴求和事。夫椒，今无锡太湖马山。《史记·越王勾践世家》："三年，勾践闻吴王夫差日夜勤兵，且以报越，越欲先吴未发往伐之……遂兴师，吴王闻之，悉发精兵击越，败之夫椒。"

⑥ 鸷鸟：凶恶的鸟，此处代指勾践。《离骚》："鸷鸟之不群兮，自前世而固然。"

⑦ 吴开始对越用兵之时，史墨曾预言，四十年后吴将归于越。《左传·昭公三十二年》："夏，吴伐越，始用师于越也。史墨曰：'不及四十年，越其有吴乎！越得岁，而吴伐之，必受其凶。'"

⑧ 指吴王夫差亲太宰嚭而疏伍子胥卒致败亡之事。

⑨ 祖武：祖先的事功。

⑩ 越卒为楚所灭。《史记·越王勾践世家》："楚威王兴兵而伐之，大败越，杀王无强，尽取故吴地至浙江，北破齐于徐州。而越以此散。"

⑪ 洚水：洪水。夏禹与泰伯是越、吴二地的先贤。禹曾治理洪水，死后葬会稽山；泰伯为亶父长子，为让贤避居吴地。"巳"当作"已"。

⑫ 椒浆：用椒浸制而成的酒，多用以祭祀。

作者简介

吴宽(1435—1504)，字原博，号匏庵、玉亭主，世称匏庵先生。直隶长洲(今江苏苏州)人。明代诗人、散文家、书法家。成化八年状元，历翰林修撰、左庶子、少詹事兼侍读学士，官至礼部尚书，卒赠太子太保，谥号"文定"。曾预修《宪宗实录》。其诗深厚醲郁，自成一家，著有《家藏集》。擅书法，作书姿润中时出奇崛，虽规模于苏，而多所自得。

题　解

全赋近乎骚体，以在吴越故地访古开篇，追忆春秋时吴越相争之事。吴越数致攻伐，各有胜负，最终夫差疏忽不察，卒致身死国灭。然吴灭于前，越亡于后，旧宫生棘，社稷丘墟，是非成败俱成陈迹。故赋中虽有对吴越君臣贤愚善恶的慨叹，然虚无的伤感始终是蕴含其中的。文章最后强调先哲之德，意在回溯到历史的起点，从纷繁复杂但终归于沉寂的世事中寻找永恒的价值所在。

集 评

吴文定为文，不事雕琢，体裁具存，外若简淡，而意味隽永。纡徐则有欧之态，老成则有韩之格。为诗用事，浑然天成，不见痕迹；沉着高壮，一洗近世纤新之习。（明王鏊《匏翁家藏集序》）

诗文亦和平恬雅、有鸣鸾佩玉之风。（清纪昀《四库全书总目·家藏集提要》）

江南相关知识

1. 大禹陵

大禹陵位于浙江省绍兴市东南6千米，相传为夏禹的陵墓……大禹陵背靠会稽山，面对亭山，前临禹池。池岸建有青石牌坊一座，由甬道入内，旧有陵殿已废。今有1979年重建的大禹陵碑亭一座，飞檐翘角，矗立在甬道尽头。碑亭内立明代南大吉书“大禹陵”三字巨碑一块。亭四周古槐蟠郁，松竹交翠，幽静清雅。亭南有禹穴辨碑和禹穴碑，为前人考辨夏禹墓穴所在而立。陵左侧有禹祠，为近年重建。大禹陵右侧是规制宏大、气势不凡的禹王庙。史籍记载，夏启和少康都曾建立禹庙，但已难考。今庙始建于南朝梁初，历代屡建屡毁。现存大殿建筑系1934年重建，其他部分大都为清代重建。（张妙弟主编《中国国家地理百科全书》）

2. 泰伯庙

泰伯庙又名至德祠、让王庙，在今无锡梅村伯渎河南岸，是祭祀传说中吴地祖先泰伯之地。东汉永兴二年(154)，汉桓帝就下令在梅村附近为泰伯立庙，吴郡太守麋豹受诏在梅村东北皇山南麓修泰伯墓，并在伯渎河南岸建让王殿。后明代知县姜文魁曾重建泰伯庙，并设道士守庙。现存的泰伯庙为明清建筑，庙前立照池，池上架单孔拱形石桥，名“香花桥”。桥北立花岗岩石牌坊，上镌“至德名邦”四字。石坛北为棂星门，竖有六根石柱，高6米，有云龙、仙鹤雕饰。棂星门为泰伯庙第一进建筑，面阔三间。后有院落厢旁，东西各九间。院内尚存古柏、桂树各一株。

天目山赋

卢　柟

吴王夫差畋于具区之野，王孙弥庸骖乘，大夫申叔仪御①。王望见天目之观，巀嶭嵣㟍，会凌云桡；茀郁轮囷，薄乎中霄②。王命弥庸眂之。对曰：兹所谓灵祲③也。王曰：灵祲何如？弥庸曰：昔禹封九山，含精蓄云，触石吐气。泼漫龙鳞，蜿兮独上，剡兮陁巃④。纷纷纭纭，莫知所以。尔迺滋草木，旅禽兽。嵏傗怪，填珍媾。骈田隐爚，万物弸荟⑤。畴昔之见，无乃近是？于时申叔仪进曰：大王察弥庸所称，纤㦒参离，巨体塌戾，可谓斞造化之渣滓，而瞢于盛德之符契者矣⑥。且夫维扬之澳，硕人焱起。翩兮若威凤，苞彩翔秋旻⑦。矫兮若游龙，凌倒景，升河津。晓兮如日，渥兮如云。变化无方，孰者为邻？伯启毓于奇石，傅说骑乎箕尾。兹山所以发精于哲耄，作镇于江汜。⑧若夫摭草菹之见，椽颊舌之谈，臣虽仳陋荒愳所不敢闻也⑨。王曰：愿为寡人赋之。叔仪曰：唯唯。

＊ 选自《历代辞赋总汇》第八册明代卷，第6729—6731页，马积高编，长沙：湖南文艺出版社，2014年。

① 畋：打猎。弥庸：吴王夫差之孙。骖乘：指陪乘在车右。

② 巀嶭、嵣㟍：高峻貌。云桡：屈曲貌。轮囷：盘曲貌。邹阳《狱中上书自明》："蟠木根柢，轮囷离奇。"茀郁：曲折貌。《子虚赋》："其山则盘纡茀郁，隆崇嵂崒。"

③ 眂：看。祲：不祥之气。

④ 泼漫：水广远貌。陁巃：同逦迤，指山势曲折连绵。

⑤ 迺：同"乃"。嵏：收敛。骈田：同"骈阗"，聚集。潘岳《西征赋》："华夷士女，骈阗逼侧。"爚：照耀。弸：充满。

⑥ 纤懱:渺小。瞢:同“懵”,不明。

⑦ 秋旻:秋季的天空。李白《古风》:“文质相炳焕,众星罗秋旻。”

⑧ 伯启:夏禹之子。相传夏禹妻涂山氏化为石,石裂生子。傅说骑乎箕尾:《庄子·大宗师》:“傅说得之,以相武丁,奄有天下,乘东维,骑箕尾,而比于列星。”哲耄:指贤能之士。

⑨ 草菹:小草。仳:同“比”,靠近。

惟吴后喾兹敻壤兮,媭女缴其岑隈。竦摦陗之峻岳兮,辽莧纱乎卬崃①。陟翠微以媻姗兮,径造天之崛岉。踞虎豹而绵眇兮,紽众山之蔚嵔②。岩峤傩傩之踉蹡兮,峘矍矍而掩袭;馺沆沆以�轹兮,巨石崭崭之獝翧,南屿岓嵝,横山峣峣③。灵岩玉华,郁律崒嵂。嵾嵳波溅,掸援猿玃,砻洞嶰浍,它豁硡磟。谽谺汹霩,劫牾佹硊,倾崎崄寖,礊碥磷礨。脽岩蹴躃,譠瞍陨靡,横遻跖□,彳亍拉拖④。睢洟蹲鸱,哕霍山下。还眺层峦,觘何烟烟。云霞濛澒,崝嵤天霄。滮漻宗寥,飘叆澹沺,乘风潇捎⑤。践如兽扰,同若禽翱。目不转睐,艳彩四畅。渗淫离褷,莫能形状。瀑布傍涌,离潭濊潪。龙湫荻浦,灵溪磢踖⑥。滍乎混流,氾滥蹻傕。蹶崎山,触唐崃。潏乎溢怒,汹洞澎濞,澮溜漷潤。犺啮腾壒,滶涝解射。横流纷霈,潼沫高厉。皤如白马,偃绌羽盖⑦。蜑僤咈喟,汩汩去濑。凭陵陨壑,碓投霝磕。硋硞漭隐,砅轰訇涛,滮滮淢淢。潗溍灂錯,枝诗蹇产。滁瀚漂驶,淼茫远输⑧。纡余东逝,永辞天墟。漭沆潒瀁,安节长浮。溷漷瀎淪,潴为后湖⑨。

① 喾:高辛氏,古五帝之一。敻:远。媭:楚人谓姊为媭。隈:山、水等弯曲的地方。莧:同“莞”。卬崃:临邛古称。

② 陟:升。媻姗:同“蹒跚”,高耸貌。崛岉:王延寿《鲁灵光殿赋》:“屹山峙以纡郁,隆崛岉乎青云。”紽:五丝为一紽。蔚嵔:山深远貌。

③ 巖:同“岩”。踉蹡:亦作“踉跄”,跌跌撞撞,行步歪斜貌。峘:高山。矍矍:

惊惧四顾貌。馺：奔驰。轥轹：车轮碾过。司马相如《上林赋》："徒车之所轥轹，步骑之所蹂若。"屼嵝：山顶突兀之貌。峣峣：山势高险。

④ 玉华：精美的玉石。嵾嵯波溅，掸援獠獶：形容山高而深邃。碞：古同"岩"，山石高峻。嶰：山涧。浍：水流。谹：山中回音。谬：空谷。谽谺：山石险峻貌。独孤及《招北客文》："其北则有剑山巉巉，天凿之门，二壁谽谺，高岸嶙峋。"沕：隐没。霁：雨止云散。礐碻磷礨：形容山势深峻。脽岩：小山。以上数句形容天目山山势险峻，变化莫测。

⑤ 洟：眼泪。唠：叫。濛澒：混沌之状。崝嵤：高峻之貌。漻澫：水清澈。霴叆：不明貌。

⑥ 跋：跑。渗淫离褷：少量的水濡湿。碶踖：水名。

⑦ 淈：搅乱。蹶：动。崎山：即岐山。潏：水涌出的样子渶：冷。皤：白。以上几句形容天目山中水势很大。

⑧ 蛩倬：曲折貌。咈喟：违背。陨：坠落。靁：雷。礚：水石相击声。硋硞：石碎声。砅：踏着石磴渡水。《说文·水部》："砅，履石渡水也。从水，从石。"訇湱：波涛冲击声。滤：水流的样子。潗滑瀥錯：形容水声响亮。

⑨ 纡余：蜿蜒曲折貌。漭沆：水广大貌。张衡《西京赋》："顾临太液，沧池漭沆。"潒瀁：荡漾之貌。溳澖潫瀹：指各种弯曲的小水流。渚：积聚。

于是水虫怪错，暴于洲渚。鼋鼍蟾蜍，鳜鳗鰧鲤。鲛人渊客，呀呷龃龉。魂魂鳞鳞，踏逻傍仵。珍水敷荣，璘豳丛生。琅玕翠蒨，珊瑚赩呈。偃仰岐眪，中摇目精①。灌林葱蒇，葩华掩会。纠枝橇房，榑楖砢傴。仳离蕤猒，风流晻霭。随波潭淹，婀娜茀芾②。浥彩翠霞，吸精沆瀣。纤柯嘤吟，飕浏慷慨。緸冤陨抑，或象笙籁。寻变驰险，八风肺沛。冯虚听响，使人心愦③。麕貗玃父，狖蜼猓然。貙獑魋縠，狾胡猢蝯。狰龂坐啸，裂眦互瞰。惊透护略，幂历半散。④超巉岩，腾陭岸。捷蒙茸，悬绝涧⑤。群猞狡健，灿兮若浮云，曾不可称算。周览堂密，隒隩弥陁⑥。芳草靡施，秋兰蘼芜，唐蒙留夷。鸢尾胡绳，楚蘅江蓠。瑢瑢绚绚，䒼䒼萋萋⑦。肸蠁闇薆，芬馥梨披。

鵁鶄群游，蹶扬軀翼。瞵视嘲咋，毰毸藻臆。鹎子鸄黄，鸬诸鶗鴂。戴鵀石鸟，鸴斯苍鸹。羣散陆离，戏游山岊[8]。

① 璘豳：闪光的样子。张衡《七辩》："收明月之照曜，玩赤瑕之璘豳，此宫室之丽也，子盍归而处之乎？"琅玕：美石。眄：斜着眼看。

② 葱蕨：郁郁葱葱的样子。犍：牵。樟槲砢儡：木枝交错。仳离：背离。蕤骫：悬垂弯曲。晻霭：昏暗。澹淹：荡漾。卉：同"卉"。

③ 飕浏：即飕飗，指寒风。李颀《听安万善吹觱篥歌》："枯桑老柏寒飕飗，九雏鸣凤乱啾啾。"緸冤：动摇的样子。冯虚：凌空，苏轼《前赤壁赋》："浩浩乎如冯虚御风，而不知其所止。"

④ 麢隸玃父，狖蜼猓然。貙貗魋㲉，蜥胡猢蝯：皆为兽名。獜龂：兽笑。

⑤ 巉岩：险峻陡峭的山岩。陭：崎岖不平。蒙茸：杂乱的草。苏轼《后赤壁赋》："履巉岩，披蒙茸。"

⑥ 隒隩：山水弯曲处。陁：不平的样子。䓔：草丛生貌。

⑦ 芳草靡施，秋兰蘼芜，唐蒙留夷。鸢尾胡绳，楚蘅江蓠：此皆为植物名。䓝：同"芊"。

⑧ 肹蠁：指通灵。左思《蜀都赋》："天帝运期而会昌，景福肹蠁而兴作。"闇蔆：阴暗隐蔽。軀：弯曲。瞵视：注视。毰毸：羽毛奋张的样子。刘禹锡《养鸷词》："毰毸止林表，狡兔自南北。"鹎子鸄黄，鸬诸鶗鴂。戴鵀石鸟，鸴斯苍鸹：此皆为鸟名。羣散：分散。岊：山崖曲折高峻。

若夫琛希之赂，金矿涵朴，云精烛光。琼枝昭华，璇英白珩。蓝田缥碧，赤霞流黄。崼磈山谷，衍溢陂陁[1]。碕岸不枯，林薮辉润。滋液㶊潏，光彩璘煜。于是乎岳灵拥畤，川后联蜷。百神焱檠，偎偎燀燀[2]。泰乙荐，鸿祇御。蜚廉翔，蚩尤骛。靡蜺旌，驰翠辂。飚旋电掣，阳嘘阴冱。煜奕傑僦，萃于丰处。[3]睊秀䜩奇，亶胤显老。瑰琦伟长，双颧日表，方瞳星烂。鲐姿云㲻[4]。宏懿俨雅，俶傥要菀。佪翔于道德之林，猎弋乎神明之囿。览观九族之有亡，与闾阎之变态[5]。锡[6]羡余，恤不逮。缮桥梁，虞婚配。裕后昆，扬昭代。金紫

壁，耀冠盖。云屯拟迹，万石越彩。入闽然后肆志乎游览，履巍巍，涉漫漫。坐穹石，挥五弦。舞白鹤，泣玄猿。曳绿卭之杖，践赤玉之舄⑦。浩浩乎葛天氏之唱，偓佺负局，羡门安期⑧。或命石髓，或翳紫芝。相佯于洪崖之涯，洪河清，昌光郁。麒麟游，凤凰至。蓂荚⑨生，黄龙戏。泰华砥崿，衡霍增隤。风云交通，鼓舞忭会⑩。信壮乎，天目之大！享灵长于亿万岁！

① 琛希：宝物。云精：云母。琼枝昭华，璇英白珩：皆玉石之名。缥碧：青白色。崾磈：散落。

② 碕岸：曲折的河岸。《吴都赋》："碕岸为之不枯，林木为之润黩。"林薮：茂密的树林。畤：高出的地方。焱集：汇聚。儇儇燀燀：众多貌。

③ 泰乙：即太一，楚地天神。鸿祇：天神名。蜚廉：亦作飞廉，传说中的天神，相传是春秋战国时期秦国、赵国的祖先，黄帝孙子颛顼的后裔。蚩尤：是上古时代九黎氏族部落联盟的首领，曾与黄帝作战。蜺：蝉。傑僥：参差不齐。

④ 亶：实在。瑰琦：瑰丽不凡。

⑤ 囿：供帝王贵族进行狩猎、游乐的园林。闾阎：泛指里巷房屋。王勃《滕王阁序》："闾阎扑地，钟鸣鼎食之家。"

⑥ 锡：赐。

⑦ 绿卭之杖：卭地的竹杖。舄：鞋。

⑧ 葛天：古部落名，有乐舞。《吕氏春秋·古乐》：昔葛天氏之乐，三人操牛尾，投足以歌八阕，一曰《载民》，二曰《玄鸟》，三曰《遂草木》，四曰《奋五谷》，五曰《敬天常》，六曰《达帝功》，七曰《依地德》，八曰《总万物之极》。偓佺：传说中的仙人。在槐山采药，食松实，身上生毛，能飞行逐走马。羡门：传说中的神仙。《史记·秦始皇本纪》："三十二年，始皇之碣石，使燕人卢生求羡门、高誓。"安期：仙人名。《史记·封禅书》："安期生仙者，通蓬莱中，合则见人，不合则隐。"负局：仙人名。《列仙传》："负局先生者，不知何许人也，语似燕代间人……问主人得无有疾苦者，辄出紫丸药以与之。得者莫不愈。如此数十年，后大疫，病家至户到与药，活者万计，不取一钱。吴人乃知其真人也。"

⑨ 蓂荚：一种象征祥瑞的草。《竹书纪年·帝尧陶唐氏》："又有草夹阶而生，月朔始生一荚，月半而生十五荚，十六日以后，日落一荚，及晦而尽，月小则一荚焦

而不落，名曰蓂荚。”

⑩ 泰华：泰山与华山。衡霍：衡山与霍山。醴：洗。忭：欢喜。

作者简介

卢柟(1507—1560)，字少楩，北直隶浚县人。自幼聪敏，家财丰厚，父为入赀太学。因事忤县令，下狱；谢榛为之言，后为陆光祖所救。性放纵嗜酒，卒病死。著有《蠛蠓集》。

题　解

此赋仿汉大赋之制，结构上模仿主客问答的形式，虚拟吴王夫差与众田猎，假托申叔仪之口，依次对天目山的山水、鸟兽、花草、矿藏进行描写，极力突出山之险峻幽深、水之浩大清澈、鸟兽之种类繁多、花草之奇特瑰丽、矿藏之丰富贵重。最后以神仙语作结，亦不脱古人山水游仙之窠臼。赋中写诸物种类之丰，多用铺排罗列，从中可见作者才学富逸，然语句多有因袭，罗列亦或有不当处。明人好古，然世殊事异，拟古固为难事。

集　评

至读诸赋，则未尝不爽然自失也。三闾家言，忠爱悱恻，怨而不怒，悠然诗之风哉。长卿务以靡丽宏博，旁引广喻，其要归卒泽于雅，子云谓之从神化来耶？(明王世贞《弇州山人四部稿》)

一意往还，真气坌涌，绝不染钩棘涂饰之习。(清纪昀《四库全书总目·蠛蠓集提要》)

江南相关知识

天目山

天目山在杭州临安市北，海拔1 507米，古称浮玉山，分为东、西两峰，旧时东、西峰顶各有一池，犹如仰望蓝天的一对巨目，天目山即由此而得名。天目山景色秀丽，怪石嵯峨，绿拥群峰，为浙西名山。盛夏绿阴如盖，凉风习习，是十分理想的避暑、休养、观光、旅游的胜地。天目山林木葱郁，植物种类繁多，有"植物王国"和"万宝山"的美誉，也是进行科学考察和植物研究的一块宝地。天目银杏有"活化石"之称，距今1.7亿年以前，它遍布欧亚大陆，与恐龙同期，但在第四纪冰川时期几近灭绝，仅余少量在天目山幸存下来。（见张妙弟主编《中国国家地理百科全书》，北京联合出版公司，2016年）

钓台赋

宗　臣

余闻严子钓台久矣①。丁巳秋，余以参藩赴闽②，取道两越③。始登厥台，裴回焉，商飚④西来，万山飒摇，我心伤悲。爰⑤申厥词，把酒放歌，白云莽亙⑥，岂君之闻歌而来哉？

恭承帝命以南迈兮，弭吾节于富春⑦。倏微霜之陨百草兮，何芳杜⑧犹菲菲其袭人。睇严陵之旧里兮，钓台郁而嶙峋。屯飘风其相薄兮，吹石濑之磷磷⑨。宿莽摇落而变衰兮，余又安得问夫白苹⑩。余将怀椒糈⑪而陈臆兮，蹇吾马之逡巡而不前。岂以沉沦之俗羁兮，乃不得揖高士而执鞭。唯炎德之中天而兴兮，纷众芳之杂糅以比肩。何佳人之夸姣以抗行⑫兮，乃独抱孤贞而自全。衮冕黼黻之玄以章⑬兮，荪⑭独爱夫羊裘。焱鸿鹄之高翔兮，聊寄吾迹于汀洲。昔傅岩之坂筑兮，武丁肖形以资厥猷⑮。非熊之协帝梦兮，渭叟起而佐周⑯。何帝之手诏以忬悰兮，羌独偃蹇而夷犹⑰。故人之不忘旧欢兮，情恍惚而至乎帝庭。何帝腹遽以足加兮，太史奏之客星⑱。咄咄子陵⑲之不肯为理兮，帝何独惜夫沈冥。荪何高蹈而不顾兮，乃长揖以谢夫天子。朝发轫于汉宫兮，夕税驾于江沚⑳。有君如此其忍负兮，荪岂亡睹于厥旨。痛韩彭之竟以烹醢兮，勃何辜而卒不免夫羑里㉑。念盛名奇绩之不可以善终兮，是用忍情而惜此兰芷。凤凰之回翔而不肯下兮，岂网罗之所能施。使蛟龙可得而常服兮，又何以卑牛马而下之。睇江河之趋下兮，喟高风日逝而不可追㉒。抚故迹而连蜷兮㉓，怅吾生之独后。时往者既已不可复兮，冀来者之犹可为。委余珮之陆离兮，挂吾冠于南斗之墟㉔。揽长虹以为衣兮，拾青霞以为琚。托微诚于浮云兮，荪其揽瑶华而迟予。望美人而不见兮，羌独立以踟蹰。

乱曰：维江有兰，美人植兮。白云茫茫，归何晏兮。平楚㉕落日，怨青枫兮。归来乎山中，吾与汝嬉以游兮。

＊ 选自《宗子相集》卷一，四库明人文集丛刊第2—3页，明宗臣撰，上海：上海古籍出版社，1993年。

① 严子陵，名光，浙江会稽余姚(今宁波慈溪市)人。东汉时隐士，少时与光武帝是同学好友。光武帝登基，曾多次征召，授谏议大夫，严光婉拒之，隐居于富春山，后人谓其垂钓之地为严子陵钓台。

② 丁巳：嘉靖三十六年(1557)。藩，藩台为明代布政使的别称。参藩，代指贬官。

③ 两越：泛指浙江。杜牧《除官归京睦州雨霁》："溪山侵两越，时节到重阳。"

④ 商飚：指秋风。

⑤ 爰：就。

⑥ 莽互：浓云翻滚交错状。

⑦ 南迈：向南方远行。弭节：停车不进。屈原《离骚》："吾令羲和弭节兮，望崦嵫而勿迫。"富春：古县名，县治在今浙江杭州市富阳区。

⑧ 倏：忽然。芳杜：即杜若，一种香草。

⑨ 屯：汇聚。薄：迫近。石濑：指水为石激形成的急流。《九歌·湘君》："石濑兮浅浅，飞龙兮翩翩。"王逸补注："濑，湍也。"磷磷：水中石头突立的样子。

⑩ 宿莽：经冬不死的草。屈原《离骚》："朝搴阰之木兰兮，夕揽洲之宿莽。"王逸注："草冬生不死者，楚人名曰宿莽。"白苹：一种水草，夏末秋初开花，花色洁白。

夏五吟梅圖
芳洲先生舊居儒溪有亭曰聽芳
頗擅林木之勝亭古老梅一株五月
花開擘箋一時名流咸賦詩紀之此
辛丑間事也距今五十餘年矣余
補圖因志其槩俾向日舊觀恍
然心目亦一佳話也
康熙甲午五月耕煙散人王翚識

何能爲眞長贊一詞大泌山人李維楨跋

虎邱看月賦

武林有客吳者適逢八月之望吳公子邀之操單舸遊虎邱蓋吳俗玩月大抵集此也至則綺羅竿交笙歌鼎沸月懸扶桑煙浮水際巨艑小艇縱横若鷗鳧之集於是攜餖飣尊斝靡薜荔以爲席有少年持檀板坐生公石起子夜之吳歌振激楚之餘風出潛魚於水底落山鳥於青松善洞簫者倚歌而和之吹幼眇激壯音嫋嫋餘響聞者沾襟興盡而返水澨公子曰今日之遊樂乎客曰是何足樂也公子曰子豈以蘇臺空西施去夜月隨煙浪以滔滔故墟餘蘼蕪以離離哉客亦睹夫勝趣乎蓋聞

江上著名的风景名胜。钓台位于富春江镇西的富春山。因东汉严子陵隐居于此得名。严子陵，名光，字子陵，会稽余姚人，东汉初年隐士。少时曾与刘秀同游学。刘秀即位后，严子陵不愿出仕，遂更名隐居，刘秀再三盛礼相邀，授谏议大夫，子陵不为所动，后隐居终老。钓台分为东西两处，均为高约70米半山上的磐石，相距80余米，在登山石径岔道上有“双清亭”，民国年间所建，亭联为：“登钓台南望，神怡心旷；想先生之风，山高水长”。东台为严垂钓处，有巨石如笋。侧有平台，在此远眺，青山拥春江，俨如画卷。

登钓台赋

王世贞

己巳之秋，季月稍魄①。余所偕迈者，金华、栝苍之伯。指桐庐，下建德②。芊眠衣云③，婵娟绣壁。飞湍激流，千丈缥碧④。澄渟皎镜⑤，下数白石。

于时鸿蒙就冥，鹢首忽辨⑥。桂轮少亏，金波腾绚。恍见一峰，缥缈于空裔⑦。连冈浮汝⑧而拱献，森椮厌㦤，岩阜回缅⑨。洪涛鼓兮木末，流泉激兮石间。中宫叶商⑩，拊节回环。余所停憩，二客解颜。舟子指焉，曰：此故严光先生濑也⑪。余乃野帻⑫而楚服，盘跚以前。挹寒浆兮靡椒⑬，荐素琴兮无弦。追夫一介之贱微，灵诚感而烛天。遂姓其州而貌其山者⑭千五百年。云台烬飚，原陵芜烟⑮。富贵身尽，声华代迁。孰与先生，宇宙长鲜。

呜呼吁嘻，彼夫赤真中晻，紫闰未穷⑯。兵起东郡，节殉二龚⑰。庶几君臣，如日丽空。妖新截蜃，白水兴龙⑱。藉匪先生，君德畴隆。士行重伦，丘贲骤穹⑲。万岁千秋，穆如清风⑳。绁缨拳珪，以匏余躬㉑。再拜而退，二客是从。

未既，忽有歌声，起于芦际。天眇铿历㉒，林木尽沸。其辞曰：沧浪之清，可以濯缨㉓。渭川钓利，桐江钓名㉔。役心成迹，强性之情。孰与吾渔，无役无强。纤阿为钩，太虚为网㉕。冥志沕穆，纵神滉朗㉖。余异而迫之，不见其处。缥若一缕，破东南雾而去。

* 选自《弇州山人四部稿》卷一，《明代论著丛刊》第533—535页，明王世贞撰，香港：伟文图书出版社有限公司，1976年。

① 己巳：明穆宗隆庆三年(1569)。季月：最后一个月。此处指秋天的末月九月。稍魄：月初。《法言·五百》："月未望则载魄于西，既望则终魄于东。"

② 沿建德江而下，直到桐庐。

③ 芊眠：草木蔓衍丛生貌。谢朓《高松赋》："既芊眠于广隰，亦迢递于孤岭。"衣云：覆盖着云。

④ 缥碧：青绿色。吴均《与朱元思书》："水皆缥碧，千丈见底。"

⑤ 渟：水积聚而不流动。此句意为水面澄澈平静。

⑥ 鸿蒙：天地。鹢首：船头，古代画鹢鸟于船头，故称。萧绎《采莲赋》："于是妖童媛女，荡舟心许，鹢首徐回，兼传羽杯。"

⑦ 空裔：天边。

⑧ 浮浂：水湿润貌。

⑨ 椮：木长貌。厌㾐：安静深邃。缅：遥远。

⑩ 叶：符合。此句谓符合音乐节拍。

⑪ 严光，字子陵，浙江会稽余姚(今宁波慈溪市)人。东汉时隐士，少时与光武帝是同学好友。光武帝登基，曾多次征召，授谏议大夫，严光婉拒之，隐居于富春山，后人谓其垂钓之地为严子陵滩。

⑫ 野帻：乡野之人的头巾。

⑬ 椒：椒叶，古人烹茶，常将椒叶放入水中同煮。

⑭ 指严子陵所居之地为严州，其地山水多以严子陵之名命名。

⑮ 云台：洛阳南宫中高台名，汉明帝因为追念开国功臣，曾令人在台上画功臣像。烬飚：楼台烧成的灰烬随风飘散。芜烟：杂草丛生，寒烟笼罩。

⑯ 赤真：指刘氏。《史记·高祖本纪》中称刘邦为赤帝之子。晻：昏暗不明。

中晻：中衰。紫闰未穷：指王莽代汉。

⑰ 东郡：秦置，治濮阳，地约今河南省东北部、山东省西部。汉因之。汉平帝时翟义为东郡太守，王莽篡权后起兵讨伐，拥立东平王刘云之子刘信为帝。移檄郡国，聚众十万。后被王莽击败，自杀。二龚：是龚舍和龚胜，皆楚人，为汉高士，王莽执政后曾礼聘龚胜，不就，卒绝食而死。

⑱ 蜃：祭祀之器。白水：刘秀生于南阳白乡，张衡《二京赋》："我世祖忿之，乃龙飞白水，凤翔参墟。"此句指刘秀起兵扫平新莽，中兴汉朝。

⑲ 丘贲：指山林。此句指山林之人纷纷出来做官。

⑳《诗经·大雅·烝民》："吉甫作诵，穆如清风。"

㉑ 绁缨拱珪：系着帽带拿着玉珪，代指出来做官。匏：葫芦瓢。《论语·阳货》："吾岂匏瓜也哉？"此句指士人应当出任，方得物尽其用。

㉒ 从远处传来的声音十分铿锵有力。

㉓《孟子·离娄上》："有孺子歌曰：'沧浪之水清兮，可以濯我缨；沧浪之水浊兮，可以濯我足。'"

㉔ 姜尚曾在渭水垂钓，得遇武王，获得官禄；严光在七里滩垂钓，得到高名。

㉕ 纤阿：月中女神，用于代指月亮。太虚：太空。

㉖ 冥志：潜心。沕穆：沉稳婉约的样子。滉朗：形容云开之状。

作者简介

王世贞（1526—1590），字元美，号凤洲，又号弇州山人，南直隶苏州府太仓（今江苏太仓）人，明代文学家、史学家，嘉靖二十六年（1547）进士，历大理寺左寺、浙江左参政、山西按察使，万历时期历任湖广按察使、广西右布政使，累官至南京刑部尚书，卒赠太子少保。王世贞倡导复古，与李攀龙、徐中行、梁有誉、宗臣、谢榛、吴国伦合称"后七子"，著有《弇州山人四部稿》《弇山堂别集》《嘉靖以来首辅传》《艺苑卮言》《觚不觚录》等。

题　解

此赋作于隆庆五年，此时王世贞出任浙江右参政，在经历了父亲遇害、儿女早夭之后，已有退隐之意，曾在隆庆二年、四年多次上疏请求致仕。《登钓台赋》正是这种心情的反映。王世贞在赋中追叙了光武中兴的往事,述及严光时点出"藉匪先生,君德畴隆""万岁千秋,穆如清风",意在说明隐士可以彰君王淳厚之德、励百世清正之风,以此解释自己屡屡求退之行。同时,他在赋中还对"渭川钓利,桐江钓名"的假隐之人进行了嘲讽,说明自己希企隐逸并非为钓名沽誉。此赋写景颇有六朝遗韵,清新流丽中自有洒脱之气。

集　评

然世贞才学富赡,规模终大。譬诸五都列肆,百货具陈。真伪骈罗,良楛淆杂,而名材瑰宝,亦未尝不错出其中。(清纪昀《四库总目提要·弇州山人四部稿》)

其《登钓台赋》为景物抒情小赋,命意亦能脱出寻常蹊径……很少有人像王世贞这样指出"渭川钓利""桐江钓名"的历史真相。他在这一点上的认识,可谓高人一筹。(马积高《赋史》)

有近文远俳者,如王世贞《登钓台赋》……分明与苏轼的《赤壁赋》同一机轴。(曹明纲《赋学概论》)

秦淮灯船赋

钟　惺

小舫可四五十只,周以雕槛,覆以翠幕①,每舫载二十许人,人习鼓吹②,皆少年场③中人也。悬羊角灯④于两傍,略如舫中人数,流苏⑤缀之。用绳联舟,令其啣尾⑥,有若一舫。火举伎作,如烛龙⑦焉。已散之,又如凫雁盘跚波间,望之,皆出于火。直得一赋耳。

集众舫而为水兮,乃秦淮之所观。借万炬以为舟兮,纵水嬉之更端[8]。波内外之化为火兮，水欲热而火欲寒。联则虬龙[9]之蠢动兮，首尾腹之无故而交攒。散则鹳鹅[10]之作阵兮，羌[11]左右上下于其间。观其蜿蜒与喋唼[12]兮，载万光而往还。俄箫鼓怒生于鳞羽之内兮，楼台沸而虫鱼欢。[13]彼舟中人之惘恍[14]而不知兮，乃居高者之悉其回环。嗟景光之流而不居兮，群动去而一水自安[15]。

重[16]曰：火水沓兮[17]，生星月兮，声光杂兮，晴澜压兮，照幽沉兮[18]，潜怪怛兮[19]，晦明达兮，作津筏兮，彼楚魄兮，冤滞豁兮。

* 选自《隐秀轩集》卷十五，明钟惺著，李先耕、崔重庆标校，上海：上海古籍出版社，1992年。

① 周以雕槛，覆以翠幕：用雕镂的栏杆环绕在船四周，用翠色的帷幕覆盖于顶部。

② 鼓吹：音乐演奏。

③ 少年场：曹植有"结客少年场，报怨洛北邙"句，乐府诗中有《结客少年场行》之题。这里指的是游乐之场。

④ 羊角灯：灯罩用羊角胶制作的灯，半透明，能防风雨。

⑤ 流苏：用以装饰的下垂的穗子。

⑥ 啣尾：啣，同"衔接"；"啣尾"即前后相连。

⑦ 烛龙：传说中的神祇，《山海经》云："有神，人面蛇身而赤，直目正乘，其瞑乃晦，其视乃明，不食不寝，风雨是谒。是烛九阴，是谓烛龙。"这里以烛龙比喻黑夜中灯火明亮的船只。

⑧ 更端：另起端绪。

⑨ 虬龙：神话中的龙，这里以虬龙的弯曲比喻众船之连接。

⑩ 鹳鹅：本为两种鸟，这里用《左传》之典故，泛指军阵，故后文云"作阵"。这里是以军阵比喻众船散后的情形。

⑪ 羌：语气助词，无意。

⑫ 喋唼(shà)：形容成群的鱼、水鸟吃东西的声音，此处喻指船在水中穿行的声音。

⑬ 箫鼓：乐器之音。鳞羽：喻指舟船。此二句写船内的乐音甚至可以使河里的动物(虫鱼)欢愉。

⑭ 惘恍：迷茫状。

⑮ 景光：即光影。此句写舟船离开秦淮河后，光影随之消散，河水也就回复了平静的状态。

⑯ 重：骚体赋或以“重”结尾。

⑰ 沓(tà)：交合，本篇着重写了河上的灯船，河为水而灯为火，故曰“水火沓兮”。

⑱ 泬(jué)：从洞穴中流出之水。“照幽泬兮”即指灯光照亮了幽深的河水。

⑲ 怛(dá)：惊惧。“潜怪怛兮”指潜藏在水中的灵怪之物被灯光惊吓。

作者简介

钟惺(1574—1624)，字伯敬，号退谷。竟陵(今湖北天门)人。万历年间中进士，曾任工部主事、南京礼部郎中、福建提学佥事等职。钟惺与谭元春是“竟陵派”的代表人物，本人诗文创作颇丰，与谭元春共同选编《古诗归》《唐时归》等。“竟陵派”反对明代“前后七子”的复古理论，主张文学创作应抒写“性灵”(这一点上与“公安派”同调)，在风格上则反对俚俗，提倡“幽深孤峭”的风格(这一点上与“公安派”立异)。钟、谭的主张在明代后期有很大影响。钟惺的诗文集为《隐秀轩集》。

题　解

钟惺曾在南京任职，对于当时的金陵风貌有比较全面的了解。在钟惺看来，秦淮河上的灯船，是南京的一大奇景，故值得专门作赋。秦淮河上的灯船，奇在何方？在钟惺笔下，不难看到，水火之交融、声光之交错和灯船之聚散，是最让他难忘的。秦淮河，是水的精华，而灯，则是火的明亮，灯船穿行在秦淮河上，水火也便交融在一起。灯船，并不是一般的船只，而是精雕细镂的供人游乐之所在，船上总少不了丝竹管弦之声，音乐与灯火自然也就交织成了一幅有声的画面。更值得一提的是，如此瑰美的灯船，并不只有一只，而是数量不少，可以相互勾连，聚散之间，形态各异。这些丰富的交汇，无疑让钟惺感到愉悦，也就有了这么一篇《秦淮灯船赋》。

集 评

灯船,金陵一奇也。此赋摹索亦无语不奇。观者领之,观者不能言之。读此觉笙歌灯烛交呈于耳目。(明陆云龙《翠娱阁评选钟伯敬先生合集》)

虎丘看月赋

黄尊素

武林有客吴者,适逢八月之望[①],吴公子邀之,操单舸,游虎丘。盖吴俗玩[②]月大抵集此也。至则绮罗竿交,笙歌鼎沸。月悬扶桑[③],烟浮水际。巨艑小艇,纵横若鸥凫之集。于是携饾饤尊斝[④],靡薜荔以为席。有少年持檀板[⑤],坐生公石,起子夜之吴歌,振激楚之余风。出潜鱼于水底,落山鸟于青松。善洞箫者,倚歌而和之。吹幼眇激壮[⑥],音嫋嫋余响。闻者沾襟,兴尽而返水澨[⑦]。

公子曰:"今日之游乐乎?"客曰:"是何足乐也?"

公子曰:"子岂以苏台空,西施去,夜月随烟浪以滔滔,故墟余靡芜以离离[⑧]哉。客亦睹夫胜趣乎?盖闻览胜者,不逞巨丽以为观也;得趣者,不搜奇地以为欢也。其山不必巃嵸[⑨]崔巍,嶃[⑩]岩纡郁,绝归雁于碣石,接飞鸟于旸[⑪]谷。其水不必汹涌滂濞,控清引浊,天吴[⑫]命俦而啸侣,鳄鱼踞齿而四足。其林不必弃夸父之策[⑬],伏夔魖[⑭]之怪,擢本千寻,垂条四盖。猿父哀吟其中,冶鸟焚巢其界。客试略海岛之巨观,现吾丘之余态。勃窣[⑮]丛薄之中,逍遥云岫之概。过林莽,背嵚崟[⑯]。平畤衍漾[⑰],孤峰逶迤[⑱]。周围一里之内,而名泉怪石古寺残碑充物[⑲]其间。虽穷搜而尚遗,况复伯国之余烈,名姬之断魂,晋人之风流,皆足以醒吊古之心脾。试与子浮彩鹢[⑳],挂锦帆,振衣盘虎之巅,濯足剑池之澜。指点夫差之自用,再见士诚之偷安。而层台累榭，跨谷弥山，锦瑟歌钟，漏彻更残。都已付之断肠芙蓉，啼眼幽兰。事无新而不故，人无感而不灵。听经声于木杪，掘药草于寒汀。山山明月，处处秋声。抚鹤叹息，扪松伤情。吾将邀孙登[21]以长啸，命王子[22]而吹笙。斯时极人世之繁华，五岳之奇险，未尝与虎丘有迳庭也。客顾以蚁蛭[23]蜂衙[24]视之，减虎丘之胜趣，何睥睨吾姑苏之甚乎?”

* 选自《历代赋汇》卷二十一，清陈元龙辑，北京：北京图书馆出版社，1999年。

① 望：农历每月十五日。

② 玩：观赏。

③ 扶桑：神木名，传说日出其下。

④ 饾饤：堆叠的食品。斝：古代的酒器。

⑤ 檀板：檀木拍板，可用作歌唱时打拍子。

⑥ 幼眇：微妙曲折。

⑦ 水滣：水边。

⑧ 离离：植物分披繁茂的样子。

⑨ 巃嵸：山峰高耸的样子。

⑩ 崭：高峻。

⑪ 旸：日出。

⑫ 天吴：水神。

⑬ 夸父之策：据《山海经》记载：夸父追日，道渴而死，弃其杖，化为邓林。邓林，即桃林。

⑭ 夔魖：古代传说中的鬼怪。

⑮ 窜：突然钻出来，引申为纵跃之意。

⑯ 嵚敧：山峰高峻的样子。

⑰ 衍漾：随着水波漂荡。

⑱ 逶迤：蜿蜒曲折而延续不断的样子。

⑲ 牣：满。

⑳ 彩鹢：绘有彩饰的船。

㉑ 孙登：魏晋时期隐士，性散逸，善长啸。

㉒ 王子：王子乔，温良博学，不慕富贵，喜爱静坐吹笙，乐声优美如凤凰鸣唱。

㉓ 蚁蛭：蚂蚁做窝时堆在穴口的小土堆。

㉔ 蜂衙：指环绕排列的蜂群，延伸为指蜂巢。

作者简介

黄尊素(1584—1626)，字真长，浙江余姚人。万历四十四年(1616 年)进士，授宁国推官。天启二年擢御史，天启四年前后三次上书批评朝政得失，触怒权阉魏忠贤，曾被夺俸一年。天启五年，被魏忠贤同党曹钦程借故弹劾，削籍而归。天启六年，魏忠贤大兴文字狱，借以打击东林党人，黄尊素也被逮遇害。著有《黄忠端公集》，存赋《清景赋》《虎丘看月赋》《浙江观潮赋》《壮怀赋》四篇。

题　解

虎丘，又名海涌山，在苏州阊门外约八里处，为“吴中第一名胜”。黄尊素的《虎丘看月赋》描绘的是苏州中秋之夜“走月亮”的传统习俗。

首段描绘了主客来到虎丘的所见所闻，只见“绮罗竿交，笙歌鼎沸。月悬扶桑，烟浮水际”，寥寥四句形象地再现了虎丘中秋月夜的人群之欢和月景之美。来游的人群，自带饮酒宴具，席草地而坐，举杯痛饮，尽人情之欢。此时又有少年坐在生公石上，持板拍节领头唱起了吴地小夜曲，歌声激越昂扬，大有楚歌的余味，竟然“出潜拍于水底，落山鸟于青松”。作者从视觉写到了听觉，并且运用夸张、拟人的手法，极力渲染歌声的动听悦耳，连水底游鱼、松间山鸟都深受感动而出游，主客的激动之情更不待言了。歌声未落，箫声又起，这优美的歌声、动听的箫声，相和相融，一会儿细弱婉转，一会儿激越高昂，余音悠扬，不绝于耳，动人心魄，感人流连，“闻者沾襟，兴尽而返水澂”，游观者不禁泪湿衣衫，即使游兴已尽，还得恋恋不舍又重新回到水边。这一段写虎丘中秋之景，不作面面俱到的描写，而着重突出游观人群的欢乐场面，欢情是由美景所感发的，这为下文写月景之美作了有力的铺垫。

赋文后一部分,采用吴公子与吴客对话的形式进行铺排陈述。主人认为此游甚乐,而吴客不以为然,故而引出了下文写虎丘月景的主体部分。这段多层次地写虎丘之美。首先作者借助吴公子之口,提出了自己的山水审美认识。吴客所以认为此游不足乐是由于“苏台空,西施去,夜月随烟浪以滔汩,故墟余靡芜以离离”。物换星移,人事全非,只留下荒草冷月独伴凄清,因而不足观赏。针对吴客的扫兴,吴公子进行劝导:“览胜者,不逞巨丽以为观也得趣者,不搜奇地以为欢也。”游览名胜的乐趣不在“巨丽”“奇地”,而在本身的自然之美,这才是山水的“胜趣”所在,接着又具体地从山、水、林几种景观状写虎丘之美,表达了对姑苏胜景的自豪之感。

·江南相关知识·

虎丘

位于苏州古城西北角,有“吴中第一名胜”“吴中第一山”的美誉。虎丘的名称来源有两种说法:一为俯视山体,形似踞虎而得名;一为相传春秋时期,吴王阖闾在与越国的槜李大战中,受伤死去,葬于虎丘,据说,葬后三日有一只白虎蹲在山上,所以把“海涌山”改名虎丘山。有虎丘塔、剑池、真娘墓、憨憨泉等著名历史文化景点,是苏州地区汇聚了民俗文化、文人文化、帝王文化、宗教文化、建筑文化的风景名胜,成为历代文人赏玩吟咏之处。明代袁宏道有《虎丘记》、张岱有《虎丘中秋夜》,皆为传世名篇。虎丘的山水名胜为市民提供了一个交流聚会的场所,逐渐形成了一系列具有浓厚民俗风情和吴文化特色的游览集会活动,有春之牡丹市、夏之乘凉市、秋之木樨市,清明、七月半、十月朝的“三市三节”,每逢市、节之时,苏州百姓邀约亲朋齐聚虎丘,或赏国色天香之牡丹,或享清幽旷远之凉风,或闻沁人心脾之木樨。虎丘的自然、历史、文化、民俗,就是一部浓缩的苏州简史，构成江南审美文化的重要部分。

浙江观潮赋

黄尊素

吴公子过武林，当八月十八日。油壁[①]接轸[②]，绣裾[③]盈途。员冠峨如，大裙襜[④]如。士女皆观潮而出，城郭为之空虚。主人谓公子曰："此枚乘所谓怪异诡观也，盍与子偕往乎?"至则锦帐翠幕，山輻[⑤]路织；歌吹沸天，红紫错舄[⑥]。波影山光，搅杂彩为一色。其时纤尘不起，水平如镜；渡头往来，渔歌答应。车马方喘于转毂，画鹢初开而下碇[⑦]。彼江干之士女，既不异鸥雁之翔沙，而众口之喧嚣，又何殊鹜[⑧]勖鹅之乱听。逮至审时定候，日影已高。遥传屡起，中心摇摇。恐阳侯之爽信，万目睽睽向海门。而注视不戒，而乎声收息阻。向之喧嚣不定者，忽然如含枚[⑨]而楔齿[⑩]，虽綷[⑪]鏕之微响，亦澄然其入耳。俄而一线横江，天风飒然。摩挲目精，指点云烟。瞻言[⑫]百里之外，已觉隐隐阗阗[⑬]。岂鼙鼓之动地，或殷雷之在天。方潮之初发也，浩渺之区，浮天无岸。揭[⑭]淡淡而东来，虽汹汹而弗叛。及其两山迫胁，沙滩中埕[⑮]，忽而受于拘束，无所容其浩汗。卒[⑯]中怒而山立，庶太空之无绊。天盖撼动而欲移，地舆震荡而似判[⑰]，吴山越山为之低昂不已。亦恐其流转而互换，鱼龙失势飞鸟惊窜。

乃有狡童侲子[⑱]，百十为伍，绛帻[⑲]单衣，驰骋波路，持彩旗兮悠扬。潮之神兮来何暮，呈傀儡之妙戏，羌逞能以相妒。耕父[⑳]来，天吴赴，支祁[㉑]按节[㉒]，罔象[㉓]趣负羽[㉔]，孰不为之胆掉心寒? 彼且从容而沿沂[㉕]。已而潮上渔浦，波澄如故。主人曰："广陵之潮，枚乘以素车白马比之，较之吾浙真不足齿矣，彼弄潮者亦天下之能事哉。”公子曰：“吁！夫潮者，天地之怒气也。天地方怒而以供俳优[26]之戏，是为乐怒，乐怒与乐哀等也。昔蔡君谟[27]有《戒弄潮文》，子不知之乎？而以风俗之陋者，夸于四方也。”主人曰：“否，否，夫论事者考其原，观今者溯诸古。昔越之败吴，习流二千人，戈船三百艘，浙江同习水战之所也。降[28]而钱王射潮以强弩，此较射于波涛，乃谓致师于水府。彼气机之翕张，夫谁受其痛苦。投箭笴[29]以三千，不过中流之束楚[30]。逮有宋之南迁也，尝以兹日水中讲武。殿司、临安、金山、澉浦，水军万人，巨舶千橹；西兴龙山，两岸如堵。天子大阅，简[31]别强弩。分为五队，中权[32]是主。舞刀握槊，节[33]以金鼓。炮声满江，五色齐举，烟收炮息，其散如雨。凡今之弄潮者贾勇售艺，兵家规矩轻性命于鸿毛，故能冯河而暴虎[34]。其余伯国[35]之余风，非书生之陈腐。所谓安不忘危，而子乃以俳优侮之耶？”

公子语塞而退。

① 油壁：古人乘坐的一种车辆，车壁用油涂饰，故名。

② 轸：古代指车箱底部四周的横木，这里借指车。

③ 裾：妇人半臂服（短衣无袖，或肩有袖至臂腨而止）。其为中秋时节，正合着此。

④ 襜：衣服整齐，飘动有致的样子。

⑤ 韬：掩藏之意，应意人群遮山掩谷。

⑥ 舄：鞋。

⑦ 碇：系船的石墩。

⑧ 鹜：鸭子。

⑨ 含枚：表示静默。枚，像筷子的东西，两头有带，可系于颈上。

⑩ 楔齿：古时人初死，用栖撑其齿使不闭合，以便于饭含。栖，礼器。《仪礼·士丧礼》：“楔齿用角栖。”郑玄注：“为将含，恐其口闭急也。”《礼记·檀弓上》：“复，楔齿，缀足，饭。”孔颖达疏：“复，招魂也。楔，柱也。招魂之后用角栖柱亡人之齿令开，使含时不闭也。”在此亦表静默意。

的苏州简史，构成江南审美文化的重要部分。

浙江观潮赋

黄尊素

吴公子过武林，当八月十八日。油壁[1]接轸[2]，绣裾[3]盈途。员冠峨如，大裙襜[4]如。士女皆观潮而出，城郭为之空虚。主人谓公子曰："此枚乘所谓怪异诡观也，盍与子偕往乎?"至则锦帐翠幕，山韬[5]路织；歌吹沸天，红紫错舄[6]。波影山光，搅杂彩为一色。其时纤尘不起，水平如镜；渡头往来，渔歌答应。车马方喘于转毂，画鹢初开而下碇[7]。彼江干之士女，既不异鸥雁之翔沙，而众口之喧嚣，又何殊鹜[8]勖鹅之乱听。逮至审时定候，日影已高。遥传屡起，中心摇摇。恐阳侯之爽信，万目睽睽向海门。而注视不戒，而乎声收息阻。向之喧嚣不定者，忽然如含枚[9]而楔齿[10]，虽綷[11]鏴之微响，亦澄然其入耳。俄而一线横江，天风飒然。摩挲目精，指点云烟。瞻言[12]百里之外，已觉隐隐阗阗[13]。岂鼙鼓之动地，或殷雷之在天。方潮之初发也，浩渺之区，浮天无岸。堨[14]淡淡而东来，虽汹汹而弗叛。及其两山迫胁，沙滩中埕[15]，忽而受于拘束，无所容其浩汗。卒[16]中怒而山立，庶太空之无绊。天盖撼动而欲移，地舆震荡而似判[17]，吴山越山为之低昂不已。亦恐其流转而互换，鱼龙失势飞鸟惊窜。

乃有狡童侲子[18]，百十为伍，绛帻[19]单衣，驰骋波路，持彩旗兮悠扬。潮之神兮来何暮，呈傀儡之妙戏，羌逞能以相妒。耕父[20]来，天吴赴，支祁[21]按节[22]，罔象[23]趣负羽[24]，孰不为之胆掉心寒？彼且从容而沿沂[25]。已而潮上渔浦，波澄如故。主人曰："广陵之潮，枚乘以素车白马比之，较之吾浙真不足齿矣，彼弄潮者亦天下之能事哉。”公子曰：“吁！夫潮者，天地之怒气也。天地方怒而以供俳优[26]之戏，是为乐怒，乐怒与乐哀等也。昔蔡君谟[27]有《戒弄潮文》，子不知之乎？而以风俗之陋者，夸于四方也。”主人曰：“否，否，夫论事者考其原，观今者溯诸古。昔越之败吴，习流二千人，戈船三百艘，浙江同习水战之所也。降[28]而钱王射潮以强弩，此较射于波涛，乃谓致师于水府。彼气机之翕张，夫谁受其痛苦。投箭笴[29]以三千，不过中流之束楚[30]。逮有宋之南迁也，尝以兹日水中讲武。殿司、临安、金山、澉浦，水军万人，巨舶千橹；西兴龙山，两岸如堵。天子大阅，简[31]别强弩。分为五队，中权[32]是主。舞刀握槊，节[33]以金鼓。炮声满江，五色齐举，烟收炮息，其散如雨。凡今之弄潮者贾勇售艺，兵家规矩轻性命于鸿毛，故能冯河而暴虎[34]。其余伯国[35]之余风，非书生之陈腐。所谓安不忘危，而子乃以俳优侮之耶？”

公子语塞而退。

① 油壁：古人乘坐的一种车辆，车壁用油涂饰，故名。

② 轸：古代指车箱底部四周的横木，这里借指车。

③ 裾：妇人半臂服（短衣无袖，或肩有袖至臂腈而止）。其为中秋时节，正合着此。

④ 襜：衣服整齐，飘动有致的样子。

⑤ 韬：掩藏之意，应意人群遮山掩谷。

⑥ 舄：鞋。

⑦ 碇：系船的石墩。

⑧ 鹜：鸭子。

⑨ 含枚：表示静默。枚，像筷子的东西，两头有带，可系于颈上。

⑩ 楔齿：古时人初死，用柶撑其齿使不闭合，以便于饭含。柶，礼器。《仪礼·士丧礼》：“楔齿用角柶。”郑玄注：“为将含，恐其口闭急也。”《礼记·檀弓上》：“复，楔齿，缀足，饭。”孔颖达疏：“复，招魂也。楔，柱也。招魂之后用角柶柱亡人之齿令开，使含时不闭也。”在此亦表静默意。

⑪ 綷：五色杂合的丝织品。

⑫ 瞻言：有远见的言论。《诗·大雅·桑柔》："维此圣人，瞻言百里。"郑玄笺："圣人所视而言者百里，言见事远而王不用。"

⑬ 阗阗：状声词，常用以形容鼓声、车声。也形容某些盛大壮阔的场景。

⑭ 揭：古通"曷"，何。《晋书·束皙》："揭徘徊而近游？"

⑮ 垾：小堤。

⑯ 卒：终。

⑰ 判：《说文》："判，分也。"

⑱ 侲子：古代在迷信活动中用以驱疫逐鬼的儿童。此仅指儿童。

⑲ 绛帻：绛，赤色；帻，古代的头巾。

⑳ 耕父：古代传说中的神名。或以为旱鬼。《山海经·中山经》："又东南三百里曰丰山……神耕父处之，常游青泠之渊，出入有光，见则其国为败。"

㉑ 支祁：亦作"支祈"，水神名。即无支祁。唐李公佐《古岳渎经》："（夏禹）乃获淮涡水神，名无支祁，善应对言语，辨江淮之浅深，原隰之远近。形若猿猴，缩鼻高额，青躯白首，金目雪牙。颈伸百尺，力逾九象，搏击腾踔疾奔，轻利倏忽，闻视不可久……颈緤大索，鼻穿金铃，徙淮阴之龟山之足下，俾淮水永安流注海也。"

㉒ 按节：停挥马鞭，表示徐行或停留。南朝梁刘勰《文心雕龙·通变》："然后拓衢路，置关键，长辔远驭，从容按节。"

㉓ 罔象：古代传说中的水怪，或谓木石之怪。《国语·鲁语下》："水之怪曰龙、罔象。"韦昭注："或曰罔象食人，一名沐肿。"《庄子·达生》："水有罔象。"陆德明释义："司马本作'无伤'。云：状如小儿，赤黑色，赤爪，大耳，长臂。一云：水神名。"

㉔ 负羽：背负羽箭，谓从军、出征。汉扬雄《羽猎赋》："贲育之伦，蒙盾负羽，杖镆邪而罗者以万计。"

㉕ 泝：同"溯"。

㉖ 俳优：《说文》："俳，戏也。亦曰优，曰倡。"《史记·李斯列传》："是时二世在甘泉，方作觳抵优俳之观。"

㉗ 蔡君谟：蔡襄（1012—1067），字君谟。知杭州府事时，鉴于钱塘江弄潮儿时有沉溺，曾著《戒弄潮文》。

㉘ 降：之后，以后。

㉙ 笴：《广韵》："笴，箭茎也。"借指箭。宋陆游《万里桥江上习射》："丈夫未死谁能料？一笴他年下百城。"

㉚ 楚:落叶灌木,开青色或紫色的穗状小花,鲜叶可入药,或小乔木,枝干坚韧,可做杖。《涛·周南·汉广》:“言刈其楚。”

㉛ 简:通“柬”,选择。唐魏征《谏太宗十思疏》:“简能而用。”清魏学洢《核舟记》:“盖简桃核。”

㉜ 中权:指中军。南朝宋谢庄《从驾顿上》诗:“中权临楚路,前茅望吴云。”

㉝ 节:节制,指挥。

㉞ 冯河而暴虎:无船而渡,赤手打虎。冯河,徒步渡河;暴虎,空手打虎。

㉟ 伯国:霸国。伯,通“霸”。指春秋时取得霸主地位的诸侯国。宋陈亮《谋臣传序》:“昔尧舜之际,专尚德化,三代之王以仁政,伯国以谋,战国以力。”

题　解

此赋所述观潮,渐次写来,井然有序。开篇先交代观潮的时间地点和人物,接着铺叙江潮来时人们的反应,细致描写观涛的场景,人声鼎沸,歌吹喧天,作者用恰当精妙的文字营构了一个涌动、外张、蓬勃的氛围,人们热情洋溢,呼应着江潮的涌动。全文采用了古代赋作常见的问答体,又对这种问答体作出了创变,在写潮时创设大段客观独白,使观潮的情形被描写得更加充分,同时文章句法多变,忽而采用人物对话,忽又变为押韵的四言体,忽又成散文句式,生动表现了江南观潮之景象。

集　评

慈溪郑梁评:“千古之文千古之人为之也,以公之爱君忧国而为疏,以公之忠告善道而为书,以公之读书、谈道、筹时、吊古而形之于诗赋序记诸体,固宜其不言文而天下之至文生焉矣……慷慨孤直,激而不伤,与太史公之称《小雅》者何异?”(清黄玉璘主修、黄钦仁编纂《竹桥黄氏宗谱》卷十三《诗文集》)

江南相关知识

钱塘潮

钱塘江位于我国浙江省,最终注入东海,它在入海口的海潮即为钱塘潮，天下闻名，每年都有不少游客前来观看这一奇景。海潮到来前，远处先呈现出一个细小的白点，转眼间变成了一缕银线，并伴随着一阵阵闷雷般的潮声，白线翻滚而至。几乎不给人们反应的时间，汹涌澎湃的潮水已呼啸而来，潮峰高达3—5米，后浪赶前浪，一层叠一层，宛如一条长长的白色带子，大有排山倒海之势。诗云："钱塘一望浪波连，顷刻狂澜横眼前；看似平常江水里，蕴藏能量可惊天。"潮头由远而近，飞驰而来，潮头推拥，鸣声如雷，喷珠溅玉，势如万马奔腾。钱塘观潮始于汉魏，盛于唐宋，历经2 000余年，已成为当地的习俗。

大哀赋

夏完淳

越以乙酉之年，壬午之月①，玉鼎再亏，金陵不复②，公私倾覆，天地崩离。托命牛衣，巢身蜗室③。吊东幸之翠华，蒙尘枳道④；望北来之浴铁⑤，饮马姑苏。申胥之七日依墙，秦庭何在⑥？墨允之三年采蕨，周粟难餐⑦。黄农虞夏⑧，遐哉尚友之乡；南北东西，渺矣安身之处。

* 选自《夏完淳集笺校》卷一，明夏完淳著、白坚笺校，上海：上海古籍出版社，2016年。

① 越：发语词，与"聿"、"曰"通用，无实意。乙酉之年：即1645年。壬午之月：即五月。

② 指弘光王朝覆灭。顺治二年，清兵渡江，南京失守，弘治帝出奔后被俘，次年于北京被杀。

③ 典出《汉书·王章传》："初，章为诸生学长安，独与妻居。章疾病，无被，卧牛衣中，与妻决，涕泣。"比喻自己在流亡中生活困顿。

④ 东幸：福王原封在洛阳，被清兵俘虏到北京，故云东幸。翠华：指皇帝羽仗。

枳道:《汉书·高帝纪上》:“沛公至霸上。秦王子婴素车白马,系颈以组,封皇帝玺符节,降枳道旁。”指福王降清事。

⑤ 浴铁:指战马。江淹《尚书符》:“渔阳黑骑,浴铁为云。”

⑥《左传·定公四年》:“申包胥如秦乞师……依于庭墙而哭,日夜不绝声,勺饮不入口七日。”

⑦ 墨允:即伯夷。此句谓伯夷、叔齐不食周粟,采薇首阳之事。

⑧ 指黄帝、神农氏、虞舜、夏禹。

在昔士衡有辩亡之文,孝穆有归梁之札①。客儿饮恨于帝秦,子山伤心于哀乱②。咸悲家国,共见词章。余始成童,便膺多难,揭竿报国,束发从军。朱雀弋船,萧萧长往;黄龙战舰,茫茫不归。两镇丧师,孤城溃版③。三军鱼腹,云横歇浦之帆;一水狼烟,风动秦房之火④。戎行星散,幕府飙离⑤,长剑短衣,未识从军之乐;青磷蔓草,先悲行路之难。故国云亡,旧乡已破。先君绝命,哭药房于九渊⑥;慈母披缁,隔祇林于百里⑦。羁孤薄命,漂泊无家。万里风尘,志存复楚⑧;三春壁垒,计失依刘⑨。蜀市子规,千山俱哭;吴江精卫,一水群飞⑩。泣海岛之田横,尚无其地;葬平陵之翟义,未有其人⑪。天晦地冥,久同泉下;日暮途远,何意人间!鲁酒楚歌⑫,乌能为乐!吴歈⑬越唱,只令人悲。已矣何言,哀哉自悼!聊为兹赋,以舒郁怀。

① 陆机:字士衡,吴大司马陆抗之后,吴亡后曾著《辩亡论》述吴灭之因。徐陵:字孝穆,梁通直散骑常侍,出使东魏。时侯景寇京师,陵父擒在围内,陵累求复命,终拘留不遣,乃致书于仆射杨遵彦。

② 客儿:即谢灵运。其《临川被收》:“韩亡子房奋,秦帝鲁连耻。本自江海人,忠义感君子。”子山:为庾信字,其在梁亡后作《哀江南赋》以寄哀思。

③ 指顺治二年六月,明总兵吴志葵和黄蜚起兵抗清,后兵败被杀。

④ 歇浦:即黄浦。吴志葵和黄蜚的义军在此处被清军击败。秦房之火:项羽

攻入咸阳之后曾火烧阿房宫,此处代指清军烧杀抢掠。

⑤ 幕府:将军府。飙离:被风吹散。

⑥ 药房:指神仙的水下宫殿。此句指夏允彝在顺治二年兵败后赴水自沉之事。

⑦ 祗林:印度佛教圣地,后常代指寺庙。此处指夏完淳嫡母盛氏在明亡后出家。

⑧ 指兴复明王朝。

⑨ 依刘:《三国志·魏志·王粲传》:"诏除黄门侍郎,以西京扰乱,皆不就。乃之荆州依刘表。"此处代指依附义军起事。

⑩ 此处用杜鹃夜啼、精卫填海的典故表达自己坚定的抗清之志。

⑪ 田横:本为齐宗室。在陈胜、吴广起义后曾起兵抗秦,自立为齐王。后刘邦称帝后,田横不肯称臣于汉,自杀而死。翟义:汉东郡太守,王莽篡汉后曾起兵反抗,后兵败被杀。

⑫ 鲁酒:代指薄酒。《庄子·祛箧》:"鲁酒薄而邯郸围。"此处用《哀江南赋》之典:"楚歌非取乐之方,鲁酒无忘忧之用。"

⑬ 歈:歌。屈原《招魂》:"吴歈蔡讴,奏大吕些。"

呜呼!黄旗紫盖,雪戟霜矛。何以南朝天子,竟投大将之弋;北部单于,遂击降王之组①!岂高庙之馨,十七世而旁移;孝陵之泽,三百年而中斩乎②!此天时人事,可以疾首痛心者矣。国屯家难,瞻草木而抚膺;岳圮辰倾③,睹河山而失色。劳者言以达其情,穷人歌以志其事。追原祸始,几及千言。寄愁心于诗酒,阮籍穷途④;结豪士于屠箫,张良仓海⑤。后有作者,其重悲余志也夫!

① 南朝天子:指弘光帝。北部单于:指顺治。

② 十七世:指从明太祖朱元璋到明思宗朱由检共历十七朝。孝陵:朱元璋的陵墓。

③ 岳圮辰倾:山岳崩塌,星辰坠落,代指明王朝灭亡。

④《晋书·阮籍传》:"时率意独驾不由径路,车迹所穷,辄恸哭而反。"比喻走投无路。

⑤ 用刘邦、张良事。刘邦结交樊哙、周勃反秦，两人起自寒微，樊哙以屠狗为事，周勃以在丧礼中吹箫谋生。张良为韩公子，秦时曾伺机刺杀秦始皇。《史记·留侯世家》："良尝学礼淮阳。东见仓海君。得力士，为铁锥重百二十斤。秦皇帝东游，良与客狙击秦皇帝博浪沙中，误中副车。"

维昭代之代兴也，秉土德而绍王①，丽旭日以承天。执帝柄而司命，聿岳镇而辰悬②。扫旄头以静街，鞭角端以定边③。穷邛筰，通浪玄④。朔方大出，南交凯旋⑤。崇文会武，东鲽西鹣⑥。阅兵则法高司马，论都则赋雄孟坚⑦。备礼乐于虎观⑧，绝烽火于狼烟。法不更而泽久，兵不耀而威宣。俪唐虞而比德，尚殷周而卜年⑨。

① 昭代：指明朝。土德：明自称绍承土德。

② 此句谓各方镇守朝廷，国家安宁。聿：助词，无实意。

③ 旄头：昴星，古代当作胡星，常用来借指外族入侵者。角端：传说中的神兽，有保境安民之用。此句言明盛世时边疆安宁。

④ 邛筰：西南邛都筰都，泛指西南地区，明朝自洪武年间在西南广设宣慰司进行镇抚。浪：指乐浪郡；玄：指玄菟郡。两郡均在高丽，万历年间曾援朝御倭。

⑤ 朔方大出：洪武二十一年大破北元朝廷，致使北元分裂。南交凯旋：明成祖曾派兵攻打越南胡朝，最终胡朝被击败，明封黎利为安南国王，设交趾布政司。

⑥ 鲽：比目鱼；鹣：比翼鸟。此句谓四方团结。

⑦ 司马：《史记·司马穰苴列传》："（齐威王）用兵行威，大放穰苴之法，而诸侯朝齐。齐威王使大夫追论古者司马兵法，而附穰苴于其中，因号曰司马穰苴兵法。"孟坚：班固字，班固为汉辞赋大家，曾为《两都赋》。

⑧ 虎观：白虎观的简称，为汉宫中讲论经学之所。

⑨ 唐虞：尧舜。《论语·泰伯》："唐虞之际，於斯为盛。"

不意瑶轮无长炯之期，玉历有中屯之会①。天子端拱无为，塞聪而治。羽猎灰五柞之场，歌舞纳三灵之地②。震筵分枯菀之栖，泰阶起蜩螗之异③。议论庙谟④，干戈儿戏。有道咏瞻乌而长叹，索公指铜驼而下泪⑤。山未颓而黯然,海不波而潜沸。然四极未亏,三伦⑥不易。草木寒于北街,星日耀于南极⑦。闾左多游侠之徒,京华无憔悴之客⑧。迨单于虎帐不朝,匈奴渔阳直入。辽水无声,医闾惨色⑨。乌桓鲜卑之部,封豕长蛇之力,徙帐幕南,空群漠北⑩。中行之背未笞,赵信之城再立⑪。使我燕领龙韬,霜矛雪戟⑫,出榆塞而不还,坠犁天而长黑⑬。翻添月窟之哀,长有阴山之哭⑭。

① 瑶轮:月亮。炯:明。玉历:指正朔,后引申为国运。中屯:中间遭遇艰辛。《周易·屯》:"屯,刚柔始交而难生。动乎险中。"

② 五柞:汉武帝行宫名。三灵:见《大雅·灵台》,写周文王修建灵台、灵囿、灵沼并在其中游乐之事。此二典皆指皇家宫殿。

③ 震筵:天子之筵。枯菀:菀,同苑。用《国语·晋语》骊姬杀太子而立奚齐事:"其母为夫人,其子为君,可不谓苑乎?其母既死,其子又有谤,可不谓枯乎?"泰阶:星座名,此处代指朝廷。蜩螗:《大雅》中篇名,伤周厉王无道。此句指熹宗时内廷之争。

④ 庙谟:朝廷的重大决策。

⑤ 有道咏瞻乌而长叹:见《后汉书·郭太传》:"太傅陈蕃、大将军窦武为阉人所害,林宗哭之于野,恸。既而叹曰:'人之云亡,邦国殄瘁''瞻乌爰止,不知于谁之屋'耳。"指魏忠贤残害忠良事。索公指铜驼而下泪:《晋书·索靖传》:"靖有先识远量,知天下将乱,指洛阳宫门铜驼,叹曰:'会见汝在荆棘中耳!'"暗示明之将乱。

⑥ 三伦:指君上、有司、近臣。《孔子家语·入官》:"君上者,民之仪也;有司执政者,民之表也;迩臣便辟者,群仆之伦也。故仪不正则民失,表不端则百姓乱,迩臣便辟,则群臣污矣。是以人君不可不敬乎三伦。"

⑦ 北街:代指朝廷。此句意为虽然朝廷积弊已深,但声威还可遥震远方。

⑧ 闾左:代指平民。此句谓四方百姓多有不平,而京中贵官依然歌舞升平。

⑨ 单于、匈奴俱指后金。此四句描述后金为害东北,攻取辽阳。

⑩ 乌桓鲜卑:均是汉时东胡别支,此处代指后金。封豕长蛇:代指残暴之人。此处指后金入侵东北。

⑪ 中行:即中行说,为汉文帝时宦官,投降匈奴之后为害甚巨。赵信:为匈奴

小王，战败降汉，改名赵信。后来因兵败，又复降匈奴，匈奴为其筑城。此句指明朝的将领多有降清者。

⑫ 燕颔：班超燕颔虎颈。

⑬ 榆塞：《汉书·韩安国传》："后蒙恬为秦侵胡，辟数千里，以河为竟。累石为城，树榆为塞，匈奴不敢饮马于河。"后泛指边关。犁天：黑夜。

⑭ 月窟：代指边远之地。阴山之哭：《汉书·匈奴传》："边长老言，匈奴失阴山之后，过之未尝不哭也。"代指明朝在东北军事失败。

于是五帅不归，三城莫复①。贼在背肩，寇侵肘腋。元子所以伤心，江统于焉太息②。且也朝堂多水火之争，边徼有沙虫③之戚。未拜郭隗，先诛李牧④。熊罴夜而星沦，猿鹤秋而天覆⑤。自蔽日之借丛，卒终星而丧国。继以中常侍之窃政，大长秋之尸祝。圣娆定中禁之谋，节让起北宫之狱⑥。顾厨祸酷于三君，累若权延于五鹿⑦。璇庭之璧玉几沦，虞渊之灵曜不浴⑧。孤臣饮恨于属镂，硕士含辛而囊木⑨。况夫疆场多事，边径传烽。恒落鱼门之胄，空夸马服之功⑩。卫青未闻其扫幕，魏绛不见其和戎⑪。庸邀汗马，策卖庐龙。及夫星明少海，天孚大横⑫。殷丁河亳之志，周宣江汉之风⑬。诛司隶之王甫，焚诬史之蔡邕⑭。

① 五帅不归、三城莫复：指明朝将领董协等五人战败降清，松山、杏山、锦州失守。

② 元子：指朝士。江统：晋大臣，曾作《徙戎论》。

③ 沙虫：代指小人。

④ 郭隗：为战国时燕客卿，曾为燕昭王定千金买马骨之计，以招揽人才。李牧：为赵国名将，因赵王中秦反间计而被害。此句谓明帝不能招揽人才，反中金人的反间计自毁长城。

⑤ 熊罴：代指勇士。猿鹤：代指君子。

⑥ 中长侍、大长秋：皆汉宦官名。圣娆：指汉安帝的乳母王圣和汉灵帝的乳母赵娆。节让：曹节和张让，俱为汉灵帝时宦官。北宫：即北寺，东汉监狱名。此句

指魏忠贤与客氏相互勾结。

⑦ 顾厨、三君：俱见于《后汉书·党锢列传》，此处指东林党人。五鹿：《汉书·石显传》："显与中书仆射牢梁、少府五鹿充宗结为党友，诸附倚者皆得宠位。"借指擅权倚势之人。

⑧ 璇庭、虞渊：俱指皇宫。灵曜不浴：太阳不出现，比喻皇帝不亲政事。

⑨ 属镂：吴王赐伍子胥之剑。《左传·哀公十一年》："王闻之，使赐之属镂以死。"囊木：《后汉书·党锢列传》："桓帝使中常侍王甫以次辨诘，滂等皆三木囊头，暴于阶下。"此句指宦官大肆迫害东林党人。

⑩ 鱼门：《春秋左传·僖公二十二年》："公及邾师战于升陉，我师败绩，邾人获公胄，县诸鱼门。"马服：为赵奢的封地，代指赵奢。

⑪ 此句指朝廷诸将既不能扫平外夷，又不能安定边关。

⑫ 星明少海、天孚大横：俱是大吉之象。

⑬ 殷丁、周宣：为殷、周中兴之主。

⑭ 王甫：十常侍之一，曾与曹节等劫持灵帝，杀窦武、陈蕃，后杨彪、阳球发其奸，下狱，死于狱中。蔡邕：因亲附董卓被王允所杀。此句指崇祯登基后清除阉党。

然兵由积弱，政以贿崇。敝箄不能止宣房之决，勺水安得熄骊山之红[①]！见伊川[②]之披发，鸣天山而挂弓。笳鼓震于辽阳，旌旗明于塞上。问九鼎之重轻，窥三川之保障[③]。嘶风则苜蓿千群，卧雪则驹駼万帐。定远非万里之侯，嫖姚无百战之将[④]。登陴而鱼钥仓皇，入援而龙旗震荡。郅支绝献馘之期，介子断擒王之望[⑤]。卫丁零叛于东胶，毛修之亡于乐浪[⑥]。虽无刁斗之将军，尚有纶巾之丞相[⑦]。山鸣石鼓，宿动金精[⑧]。三辅之蒌蓬春牧，诸陵之弓剑宵惊[⑨]。降将云帆北渡，贤王宝马东征。

① 箄：竹席。宣房：即宣房宫，《史记·河渠书》："自河决瓠子后二十余岁，岁因以数不……于是卒塞瓠子，筑宫其上，名曰宣房宫。"骊山之红：指项羽烧阿房宫。

② 伊川：《左传·僖公二十二年》："初，平王之东迁也，辛有适伊川，见被发而

祭于野者，曰：‘不及百年，此其戎乎！其礼先亡矣。’”

③ 此句指后金觊觎中原，意欲入侵。

④ 苜蓿：牧草。駒駼：北地良马。此四句指后金势力日增而明代边将无能。

⑤ 陴：城墙。鱼钥：城门。郅支：汉初单于名。馘：被杀者之左耳。献馘：泛指杀敌报捷。介子：指傅介子，曾于宴席中斩杀背汉的楼兰王。

⑥ 卫丁零：即卫律，本为汉使，后投降匈奴，被封为丁灵王。此处暗指辽东人孔有德，本为明登州巡抚孔元化参将，后降清，封定南王。毛修之：本为东晋将领，后来被赫连氏所俘，后入魏。

⑦ 纶巾之丞相：指杨嗣昌。

⑧ 金精：指太白星。

⑨ 蒸：牧草。三辅：本指治理京畿地区的三位官员，即京兆尹、左冯翊、右扶风。后指这三位官员管辖的地区。泛指京畿地区。

方将鸿雁集其安宅，鸑鷟奏其升平。列九宾而告庙，开八门而受宁①。忽焉五斗米之教起，三里雾之术成②。秦晋蜂攘，豫楚蚁营。中横淝泗，南极湘荆③。元帅给云台之仗，尚书开武库之兵。或墨衰以莅金革，或班剑以任鼓钲④。卒之黄巾黑犊之屯聚，青袍白马之横行⑤。王曰叔夫，君之寡兄，或撄白刃，有结丹缨。赤社蘪而菁茅废，灵光颓而茂苑倾⑥。式亏国族，深轸宸情。祭通侯于太牢束帛，戍王人与扬水流薪⑦。帝子没而烟凝南浦，王孙陨而草遍空城⑧。盗长陵之抔土⑨，伤神州之陆沉。彼何人哉，哀哉至今！

① 鸑鷟：凤凰。九宾，朝廷重要典礼须设九宾。《周礼·秋官·大行人》郑玄注：“九仪谓命者五：公、侯、伯、子、男也；爵者四：孤、卿、大夫、士也。”

② 指东汉顺帝时张道陵创立的五斗米道，后汉末张鲁、东晋孙恩等人都曾借此起事。三里雾：《后汉书·张楷传》：“性好道术，能作五里雾。时关西人裴优亦能为三里雾，自以不如楷，从学之。”

③ 指李自成、张献忠等人先于陕西起事，后攻入襄阳、汝州等地。

④ 云台：汉明帝图画功臣处。墨衰：黑色丧服，此处当指黑衣，即军服。班剑：

汉代典礼佩剑,《唐开元礼》:"汉制,朝服带剑,晋代以木,谓之班剑。"

⑤ 黄巾、黑犊:俱汉代农民起义军称号。青袍白马:《梁书·侯景传》:"(景)自篡立之后,时著白沙帽,而尚披青袍……普通中,童谣曰:'青丝白马寿阳来',后景果乘白马,兵皆青衣。"

⑥ 赤社:指赤色的社土。古代天子封土立社,以五色土象征四方及中央,以赤社分赐南方诸侯。菁茅:香草名,用于祭祀。灵光:汉宫名,汉末西京未央、建章皆见毁,惟有灵光岿然独存。

⑦ 式:语助词。轸:悲痛。宸:北极星,代指皇帝。通侯:秦代爵位中最高的一级。太牢:用于祭祀的牛羊。戍王人与扬水流薪:典出《王风·扬之水》,刺平王不能抚其民。

⑧ 此句王子皇孙在镇压叛乱中多殒没。

⑨ 长陵:本指汉高祖陵,曾在文帝时被盗。

矧夫上谷为鼙鼓之场,北海无龙蛇之阵①。李都尉部曲不归,陆平原风流顿尽②。叹马陵之道穷,嗟龙城之宵遁③。国门则策画万千,旌节则功勋尺寸。干城为矛戟之雠,酖毒是盐梅之分。恒见耻于少卿之书,非所望于钱神之论。④圣人励玉衡而靡替,垂翠裘而独闷。便殿空谈,平台屡问⑤。赐金罂则执政为贵人之牢,望山头则延尉皆君子之吝⑥。然主威虽上法武宣,臣德则远惭廉蔺。使臂逆而更难,养痈溃而莫吮⑦。

① 矧:况且。上谷:古郡名:在今河北省怀来县。鼙鼓:代指军事。北海:明、清军队相争的辽海地区。

② 李陵投降匈奴,陆机兵败被杀。此处指明军将领或者投降,或者因兵败被朝廷处死。

③ 马陵:孙膑败庞涓地。龙城:匈奴祭天处,汉武帝元光六年,卫青曾在此大破匈奴。

④ 干:武器。城:城池。此处比喻将领。盐梅:具有调和作用,比喻朝臣。少卿之书:任安,字少卿,曾致书司马迁望其以"推贤进士为务"。钱神之论:晋元康

中鲁褒曾著《钱神论》讽刺贪鄙之行。此四句谓明朝将相在社稷危难时不思报效，反而作祟祸国。

⑤ 圣人：皇帝。玉衡：北斗星，此处代指皇位。平台：梁孝王所筑台名，此处代指招贤之所。

⑥ 金罍：金质酒杯。望山头：《晋书·苏峻传》："朝廷遣使讽谕之。峻曰：'台下云我欲反，岂得活耶？我宁山头望廷尉，不能廷尉望山头！'乃作乱。"比喻将领不听朝廷指挥。

⑦ 武宣：汉朝的武帝宣帝。廉蔺：廉颇与蔺相如。此四句言主上欲奋发图强，但臣下却不尽心于国。

所以辽海东西，人多犯顺；大河南北，野咸饥馑。瓜田藉以益繁，尤来聚而愈迅①。遇王师若秋风之卷枯，下坚城若朝霜之悴菌。赤羽动而北驰，黄金鸣而西振。封函谷之一丸，据雍州之九郡②。城郭胥沦，衣冠偕殒。犀兕有未赎之华元，丹青有不归之于禁③。既度陕而叩关，复逾河而入晋。三千利犀之骑，十万迎风之刃。黄金台之蔓草空哀，白玉仗之青罡俱震④。地坼天崩，海焦星陨。蚩尤之毒雾弥天，轩辕之鼎湖虚殡⑤。恨黄竹于千秋，落苍梧于一瞬⑥。椒宫为血泪之湘君，鹤驾有呼魂之子晋⑦。吊望帝以何期，矢叩阍而难进。可怜泪雨之昭阳，更有风尘之长信。桐棺坠马鬣之封，柏路掩龙輀之輴⑧。

① 瓜田：《汉书·王莽传》："临淮瓜田仪等为盗贼，依阻会稽长洲。"尤来：指尤来山，西汉起义军领袖樊崇曾率部于此，号尤来军。

② 封函谷之一丸：《后汉书·隗嚣传》："元请以一丸泥为大王东封函谷关，此万世一时也。"雍州九郡：即荆襄九郡，是东汉时荆州七郡加上先后新置的章陵郡和南乡郡的合称。此处比喻险要之地都被起义军攻占。

③ 华元：宋国六卿之一，曾被郑国俘虏，宋以兵车百乘、文马百驷赎他。于禁：魏国将领，曾被关羽俘虏，后曹丕将他投降的情状画在曹操墓的壁画上以示羞辱。

④ 黄金台：燕昭王招贤之台。罡：北斗之柄。

⑤ 蚩尤之毒雾弥天：蚩尤与黄帝作战时曾大雾弥漫。鼎湖：《史记·封禅书》："黄帝采首山铜，铸鼎于荆山下。鼎既成，有龙垂胡髯，下迎黄帝。黄帝上骑，群臣后宫从上者七十余人。龙乃上去，余小臣不得上，乃悉持龙髯，龙髯拔堕，堕黄帝之弓。百姓仰望黄帝既上天，乃抱其弓与胡髯号，故后世因名其处曰鼎湖，其弓曰乌号。"此句指李自成攻破北京，崇祯皇帝自尽。

⑥ 黄竹：典出《穆天子传》，意为哀百姓。苍梧：相传舜崩于苍梧。

⑦ 椒官：谓后宫。鹤驾：谓太子。《列仙传·王子乔》称王子乔为周灵王太子晋，尝乘白鹤驻缑氏山头。

⑧ 昭阳、长信均为汉宫名。马鬣：坟墓封土的一种形状，代指坟墓。龙輀之輴：帝王的灵车。

当斯时也，四海惊飞，三灵恫震。溘灵飙而大招，吊五云而长恨①。天上将军之铁马惊风，宣陵孝子之布衣扶榇。三百年玉座昼移，十六世金铺夜烬②。且也刘太尉留于蓟北，琅琊王渡于江阴③。哭秦庭而归虎穴，卜周鼎而陷龙浔④。秣陵王气，黯然欲尽；易水寒风，悲哉正深。将军之树北偃，单于之部西临⑤。假号子舆于城下，不立卢芳于雁门⑥。借蚌鹬之利，逞虎狼之心。北阙之楼台凋谢，西山之松柏萧森。太液翻而石鲸惨淡，茂陵废而玉盌浮沉⑦。瞻山河而陨涕，抚草木而沾襟。虽君仇之少雪，实国难之相寻。郿坞为燃卓之地，渐台兴钊莽之军⑧。既追风而西捷，遂射日以南侵。使南朝天子，北府大臣，乌衣则披纶挥羽，黄葛则悬胆卧薪⑨。器成错节，圣启忧殷。祖士雅雍州出牧，刘奉春冒顿和亲。组练艅艎者八百里，鲛皮犀属者十万人⑩。

① 三灵：指日、月、星。大招：相传为屈原所作，为招魂之辞。五云：《周礼·春官·保章氏》："以五云之物，辨吉凶、水旱降、丰荒之祲象。"

② 宣陵：东汉桓帝墓。三百年、十六世：明朝历三百年十六帝。

③ 刘太尉：即刘琨，永嘉之乱后，据守晋阳近十年，抵御石勒。琅琊王：即司马

睿，怀帝时封安东将军、都督扬州诸军事，后在建康登基。此句谓弘光帝在南京称帝。

④ 哭秦庭：用申包胥赴秦求助之典，谓吴三桂借清兵抵抗李自成，却最终降清。龙浔：即龙潭。周鼎陷入龙潭比喻国家灭亡。

⑤ 将军之树：用冯异之典。此句谓明军多降北，清军逼近。

⑥ 假号子舆：《后汉书·光武帝纪》："林于是乃诈以卜者王郎为成帝子子舆，十二月，立郎为天子，都邯郸，遂遣使者降下郡国。"卢芳：安定郡三水县人，王莽篡权时起兵，假称自己是汉武帝的曾孙刘文伯。此句指各方镇将领拥护不同的宗室，以致内乱频频。

⑦ 太液：汉宫中池名，池中有石雕鲸鱼。茂陵：汉武帝陵。玉盌：泛指帝王殉葬物。

⑧ 郿坞：董卓筑坞于郿，卓败后被军士所焚。渐台：汉宫中台名。汉末刘玄兵从宣平门入，王莽逃至渐台上，为众兵所杀。此句谓起义军被清军所灭。

⑨ 乌衣：代指将领军士。孙吴时军士悉穿乌衣。黄葛：比喻百姓急于复国。《吴越春秋》："越王自吴还国，劳身苦心，悬胆于户，出入尝之。知吴王好服之被体，使国中男女入山采葛，作黄纱之布以献之。"

⑩ 祖士雅：即祖逖，曾出为奋威将军、豫州刺史，此处指史可法镇守扬州。刘奉春：即刘敬，曾经奉汉高祖之命与匈奴商议和亲事。此处指左懋第等使清议和。艅艎：大船。

庶几佛狸无饮江之志，老黑成卧路之勋①。而乃东昏侯之失德，苍梧王之不君，玉儿宠金莲之步，丽华长玉树之淫②。柏梁建章，则读西京之赵鬼；临春结绮，则号学士之孔嫔③。吴歈越艳，鲁酒梁樽。先见乎玉杯象箸，后征夫酒池肉林。问蛙鸣于为官为私，御龙衮于若亡若存④。视江都而未武，拟长城而不文。冠盖之银青俱满，朝堂之铜臭相因。但知安石之赌墅，何止元规之避尘⑤！楚囚无新亭之泪，越绝非石室之音⑥。南徐之甲兵不劲，淝水之草木无神。拜蒋侯为灵帝，弋白雁为国宾⑦。宁右则孔愉江总，阃外则祖约王敦。将相皆更始之羊胃，衣冠多南渡之雁民⑧。宜其及矣，况有强邻！

① 佛狸：魏太武帝拓跋焘小字。老黑：《北史·王罴传》："罴除华州刺史……便袒身露髻徒跣，持一白棒，大呼而出，谓曰：'老罴当道卧，貉子那得过！'敌见，惊退。"此句谓南明上下希望可以抵御清朝的入侵。

② 东昏侯：齐废帝萧宝卷。苍梧王：宋废帝刘昱。俱南朝之昏君。玉儿：东昏侯潘妃，曾行金莲上。丽华：陈后主张贵妃，当时有《玉树后庭花》曲。

③ 柏梁、建章：汉宫中建筑名。赵鬼：东昏侯侍从，能读《西京赋》。临春、结绮：陈宫阁名。孔嫔：陈后主妃。陈后主曾封宫人有学问者为学士。

④ 玉杯象箸、酒池肉林：指商纣骄奢淫逸事。问蛙鸣：《晋书·惠帝纪》："帝又尝在华林园，闻虾蟆声，谓左右曰：'此鸣者为官乎，私乎？'"

⑤ 赌墅：《晋书·谢安传》："时苻坚强盛，疆场多虞……玄入问计，安夷然无惧色……安遂命驾出山墅，亲朋毕集，方与玄围棋赌别墅。安常棋劣于玄，是日玄惧，便为敌手而又不胜。"避尘：《晋书·王导传》："时(庾)亮虽居外镇，而执朝廷之权，既据上流，拥强兵，趣向者多归之。导内不能平，常遇西风尘起，举扇自蔽，徐曰：'元规尘污人。'"

⑥ 新亭：《世说新语·言语》："过江诸人，每至美日，辄相邀新亭……周侯中坐而叹曰：'风景不殊，正自有山河之异。'皆相视流泪。唯王丞相愀然变色曰：'当共戮力王室，克复神州，何至作楚囚相对！'"石室：越王勾践自吴返越后居住在石室内，提醒自己不忘复仇。此句谓南明君臣毫无恢复失地之志。

⑦ 蒋侯：即蒋子文。弋白雁为国宾：《左传·哀公七年》："及曹伯阳即位，好田弋。曹鄙人公孙强好弋，获白雁，献之，且言田弋之说，说之。因访政事，大说之。有宠，使为司城以听政。梦者之子乃行。强言霸说于曹伯，曹伯从之，乃背晋而奸宋。"此句谓南明君主不修武备，好淫祀，幸小人。

⑧ 孔愉、江总：孔愉，据王学曾《大哀赋注释》当作"孔范"，与江总俱为陈后主时宫廷文人。祖约王敦：俱东晋将领，一降贼，一反叛。羊胃：比喻小人。此句谓南明外无效忠之将，内无正直之臣。

于是清人河上之师，天室通好之使，未许其冠带春秋，遂致夫荆榛天地①。苏属国之旄节终留，庾开府之江关永弃②。移貂帐之千里，逐龙驹之万骑。投鞭则淮水不流，饮马则长江无际③。白羽死其孔明，绿帻亡其道济④。

① 冠带春秋：《战国策·魏策四》："且夫魏一万乘之国，称东藩，受冠带，祠春秋者，以为秦之强足以为与也。"谓求和后成为其藩属。荆榛天地：指战争之后的荒凉。此四句谓清兵未应允南明的求和，南明遂覆灭。

② 苏属国：苏武归汉后被封为典属国。庾开府：庾信入北后官至官至骠骑大将军、开府仪同三司。此句谓议和的使节被清人拘留。

③ 投鞭：用苻坚事。此四句言清兵声势之大。《晋书·苻坚载记》言苻坚意欲伐晋："吾闻武王伐纣，逆岁犯星。天道幽远，未可知也。昔夫差威陵上国，而为句践所灭。仲谋泽洽全吴，孙皓因三代之业，龙骧一呼，君臣面缚，虽有长江，其能固乎！以吾之众旅，投鞭于江，足断其流。"

④ 绿帻：檀道济被杀时曾投帻于地。此两句谓南明将领多亡。

嗟乎！扬州歌舞之场，雷塘①罗绮之地，一旦烟空，千秋景异。马嘶隋苑之风，蜃吐海门之气，潮上广陵而寂寞，枝发琼花而憔悴。巨鹿沙崩，长平瓦碎。豺虎相邻，蛟鲵远退②。鬼有曹社之谋，天同鹑首之醉③。欃枪空铁瓮之城，弧矢落金山之垒④。天子蒙尘，将军仗义。枳道降王，长安旧帝，朱组舆榇之羞，青衣行酒之事⑤。白日苍茫，黄云迢递⑥。胡姬之锦瑟新调，代马之丹鬃乍系。玄武池边，景阳宫里。莫愁之歌舞何如？长乐之钟声已矣⑦！斜阳归而燕子秋飞，蔓草平而后湖月起。秦淮一点青烟，桃叶三声渔市⑧。蘼芜遍于故宫，莓苔碧于旧内。平康之巷绝鸡鸣，钟岭之山空鹤唳⑨。风尘萧索兮十二楼，烟雨凄迷兮四百寺⑩。乌啼上苑之花，鹊噪孝园之树⑪。故老吞声，行人陨涕。殷王子麦秀之歌，周大夫黍离之泪⑫。天地何心！山河何罪！

若夫龙种困而被奴，凰仪降而为婢⑬，逐燕支而上驰，抱琵琶而

北去。黑山之月年年，青冢之花岁岁⑭。室处有荼毒之淫，疋发有髡鬄之累。⑮

① 雷塘：位于扬州城北，隋唐时为风景胜地，隋炀帝后改葬此地。

② 巨鹿沙崩：谓项羽大破秦军事。长平瓦碎：谓秦军坑杀赵军事。

③ 曹社之谋：《左传·哀公七年》："初，曹人或梦众君子立于社官，而谋亡曹。"比喻国家将亡。鹑首之醉：张衡《西京赋》："昔者大帝说秦缪公而觐之，飨以钧天之乐。帝有醉焉，乃为金策，锡用此土，而翦诸鹑首。"此谓上天昏醉使清代明。

④ 欃枪：彗星，是乱兵之兆。铁瓮：京口的子城。弧矢：星名，形似弓。

⑤ 枳道：《汉书·高帝纪上》："沛公至霸上。秦王子婴素车白马，系颈以组，封皇帝玺符节，降枳道旁。"青衣：《晋书·孝怀帝纪》："七年春正月，刘聪大会，使帝著青衣行酒。"

⑥ 迢递：高远之貌。

⑦ 玄武池、景阳宫：俱在建康宫苑内。长乐：汉宫名。

⑧ 秦淮：秦淮河，在南京。桃叶：桃叶渡，秦淮河上古渡口名，位于秦淮河与古青溪水道合流处附近。

⑨ 平康：即平康里，是唐代长安城中的繁华之地。钟岭：钟山。

⑩ 十二楼：神仙所居处，《史记·封禅书》："方士有言：'黄帝时为五城十二楼，以候神人于执期，命曰迎年'。上许作之如方，命曰明年。"

⑪ 上苑：即上林苑，汉宫苑名。孝园：即梁孝王园，亦称梁园。

⑫ 麦秀：《史记·宋微子世家》："箕子朝周，过故殷虚，感宫室毁坏，生禾黍，箕子伤之，欲哭则不可，欲泣为其近妇人，乃作《麦秀》之诗以歌咏之。其诗曰：'麦秀渐渐兮，禾黍油油。彼狡童兮，不与我好兮！'"黍离：《王风·黍离》序："周大夫行役，至于宗周，过宫宗庙宫室，尽为禾黍，闵周室之颠覆，彷徨不忍去而作是诗也。"

⑬ 此句指明宗室多落入清人之手。

⑭ 燕支：山名，在匈奴境内，此句指明士人被迫北上。青冢：昭君墓。

⑮ 荼毒：残害。疋发：谓束发。髡：古代剃发之刑。此句谓清人强迫汉人剃发。

于是竿木群兴，风云毕会，兴六月之师①，振九天之锐。横海伏波，戈船下濑。轨亡秦之陈胜，效安刘之翟义。诛殷通于戏下，斩甄阜于帐外[②]。青雀烟腾，黄龙云迈。夸夫有投杖之心，鲁阳无挽戈之计[③]。兵弱虏强，地柔人脆。伤心于王子白衣，绝望于将军蒲类。田横之五百军人，项籍之八千子弟[④]。平陵东而黄犊可卖，大泽左而乌骓不逝[⑤]。天萧萧兮不明，日荒荒兮欲曀。伤两镇之不归，痛孤城之已溃[⑥]。闻楚歌则部曲萧条，听胡笳则征夫歔欷[⑦]。国殇悲而阴雨深，战鬼哭而愁飙厉。烟草依然，江湖如是。毅魄归来，灵风涕泗。

① 六月之师：指吴易、孙兆奎等人乙酉年六月起兵抗清。

② 轨：仿效。翟义：汉末河东郡太守，因起兵反抗王莽被杀。殷通：秦会稽郡守，被项羽所杀。戏下：将旗所在。甄阜：王莽前队大夫，被光武帝所杀。

③ 夸父：《山海经·海外北经》："夸父与日逐走，入日。渴，欲得饮，饮于河、渭，河、渭不足，北饮大泽。未至，道渴而死。弃其杖，化为邓林。"鲁阳：《淮南子·览冥训》："鲁阳公与韩构难，战酣，日暮，援戈而㧑之，日为之反三舍。"此句言义军虽有意恢复，却最终功亏一篑。

④ 蒲类：西域古国名。东汉时窦固曾追击匈奴到蒲类海。田横：在陈胜吴广起义后曾起兵抗秦，后刘邦称帝后，田横自杀，其部属五百人皆投海而死。项籍：《史记·项羽本纪》："且籍与江东子弟八千人渡江而西，今无一人还，纵江东父兄怜而王我，我何面目见之？"

⑤ 平陵东：《乐府诗集·相和歌辞》："平陵东，松柏桐，不知何人劫义公。劫义公，在高堂下，交钱百万两走马。两走马，亦诚难，顾见追吏心中恻。心中恻，血出漉，归告我家卖黄犊。"此处指为营救义士不惜毁家。大泽左而乌骓不逝：见《史记·项羽本纪》。

⑥ 曀：天色暗淡。两镇：指明总兵吴志葵和黄蜚兵败松江后被杀。孤城：指松江陷落。

⑦ 楚歌：《史记·项羽本纪》："项王军壁垓下，兵少食尽，汉军及诸侯兵围之数重。夜闻汉军四面皆楚歌，项王乃大惊，曰：'汉皆已得楚乎？是何楚人之多也。'"胡笳：《晋书·刘琨传》："在晋阳，常为胡骑所围数重，城中窘迫无计，琨乃乘月登

楼清啸，贼闻之，皆凄然长叹。中夜奏胡笳，贼又流涕歔欷，有怀土之切。向晓复吹之，贼并弃围而走。”

至若江关不见，乡国何方？坑既酷于新安，火复烈于咸阳①。谷水无浮云之使，昆山非行雨之乡。姑苏烽火，槜李芜荒②。草入语儿之馆，月明响屧之廊③。美人则紫台黄土，英雄则白草青霜。风何为而惨惨？云何事而茫茫？礼魂兮春兰秋菊④，吊古兮山高水长。悴琼枝而无色，零瑶草兮不芳。三秋桂冷，十里荷香。景光黯黯兮销魂，烟波漠漠兮断肠。夜不寐而隐隐，泪沾襟而浪浪。何日度莺花之月？何年归玳瑁之梁⑤？燕巢枯柳，蝶舞空墙。垆头无小妇之酒，城东非少年之场⑥。旧游零谢，独坐荒凉。归去而杜鹃啼月，力微而精卫填江。

① 新安：《史记·项羽本纪》：“于是楚军夜击，坑秦卒二十余万人新安城南。”咸阳：项羽攻入咸阳之后曾纵火。

② 谷水：昆山的别称。槜李：古地名，在今嘉兴县南。

③ 语儿：即语儿乡，今浙江省桐乡市西南。响屧廊：相传为吴王夫差所建，在姑苏山。

④ 礼魂：屈原《九歌·礼魂》：“春兰兮秋菊，长无绝兮终古。”

⑤ 玳瑁梁：卢照邻《古意呈乔补阙知之》：“卢家少妇郁金堂，海燕双栖玳瑁梁。”

⑥ 垆头无小妇之酒：《晋书·阮籍传》：“邻家少妇有美色，当垆沽酒。籍尝诣饮，醉，便卧其侧。”少年场：《汉书·尹赏传》载尹赏搜捕恶少，杀于虎穴中，长安城中为歌曰：“安所求子死？桓东少年场。生时谅不谨，枯骨后何葬？”后用“少年场”指年轻人聚会的场所。

况夫国屯家难，先子云亡，访彭咸于药室，从墨允于首阳①。留遗孤于庐垩②，曾仗剑于戎行。济云帆之无路，匿土室而自伤。王章之牛衣空卧，马卿之犊鼻频穿③。王尼之车长宿，范晔之麝空悬④。任西华单衣见肘，孙叔敖馁鬼谁田⑤！弱龄则海筹⑥十六，短发则霜镜三千。惟我生之不辰，丁穷酷之苍天！

① 彭咸：屈原《离骚》："既莫足与为美政兮，吾将从彭咸之所居！"王逸《楚辞章句》："彭咸，殷贤大夫，谏其君不听，自投水而死。"此代指父亲投水而死。墨允：即伯夷，见前注。

② 庐垩：古人服丧时所居的墓旁小屋。

③ 王章：《汉书・王章传》："初，章为诸生学长安，独与妻居。章疾病，无被，卧牛衣中，与妻决，涕泣。"马卿：即司马相如，《史记・司马相如列传》："相如身自着犊鼻裈与佣保杂作，涤器于市中。"

④ 王尼：《晋书・王尼传》："无居宅，惟畜露车，有牛一头，每行，辄使子御之，暮则共宿车上。"范晔句：范晔曾自撰《和香方》，以朝士比诸香。此句谓自己空有才能却无施展抱负之机。

⑤ 任西华：《南史・任昉传》言任昉死后，诸子陷入困顿，其次子任西华"冬月葛帔练裙，道逢平原刘孝标。"孙叔敖：《左传・庄公四年》："鬼犹求食，若敖氏之鬼不其馁而。"此典似有误，将与优孟假扮孙叔敖以赡养其子之事相混。

⑥ 海筹：指年龄。

若乃天南鼎定，浙右龙骞，刘文叔南阳白水，越勾践采葛飞鸢①。乾坤重照，日月双悬。湖中贾勇，内地争先。司马秉中军之钺，虞人麾上将之旃②。三吴渔猎，七郡风烟。扁舟势疾，三鼓气坚。余乃飘摇泽国，踯躅行间，饮君亲之夙恨，郁家国之烦冤。短衣则东州亡命，长戟则西掖备员③。既有志于免胄，岂无心于丧元。伍大夫昭关马渡，张留侯仓海龙潜④。纨绮非封侯之骨，渔樵当用武之年。千里之月明鼓角，五湖之春泛楼船。鱼龙蟠于甲帐，裘马壮于戈鋋。锦氍毹三军高宴，金叵罗诸将扣舷⑤。既充下乘，聊托中涓！草檄则远愧孔璋，入幕则深惭仲宣⑥。涛寒震泽，风厉由拳。

秦帝之椎未中，楚王之墓不鞭⑦。时无文范，人非策权。龙衣逝矣！鱼服困焉⑧！吴明彻之功名何在，秦武阳之拳勇堪怜⑨。吴要离矛因风转，楚龚胜膏以明煎。高渐离之筑声往矣，徐夫人之匕首依然⑩。亡楚之功不就，报韩之志谁传！兼以五马则寡君云梦，六龙则天王翟泉⑪。三户亡秦之谶，九歌哀郢之篇。功成姬芈，名假苏燕⑫。义公即劫，壮夫不还。王衰蓼莪三废，夏馥佣保十年。入林自愧夫介子推，蹈海深惭夫鲁仲连⑬。管宁皂帽，箕子朝鲜。烟断营门之柳，霜凋幕府之莲⑭。国亡家破，军败身全。招魂而湘江有泪，从军而蜀国无弦。哀哉欲绝，已矣何言！

① 天南鼎定：指1645年唐王即位于福州。浙右龙骞：指鲁王监国于绍兴。刘文叔：即刘秀，南阳人：应白水真人之谶。勾践：越王勾践曾使人采葛以献吴王，夫人作歌，有“彼飞鸟兮鸢鸟。已回翔兮翕苏。”之句。

② 贾勇：《左传·成公二年》：“齐高固入晋师，桀石以投人，禽之，而乘其车，击桑本焉，以徇齐垒，曰：‘欲勇者，贾余余勇。’”虞人：掌管山泽、苑囿、田猎的官员。旃：古代的一种赤色曲柄旗，引申为军旗。

③ 西掖：即西省，中书省别称。此句言夏完淳上书鲁王，遥授中书舍人。

④ 昭关马渡：指伍子胥经昭关奔吴。仓海龙潜：《史记·留侯世家》：“良尝学礼淮阳。东见仓海君。得力士，为铁锥重百二十斤。秦皇帝东游，良与客狙击秦皇帝博浪沙中，误中副车……良乃更名姓，亡匿下邳。”

⑤ 氍毹：毛织的地毯，多用于表演歌舞。金叵罗：金酒杯。

⑥ 中涓：亲近之臣。《汉书·曹参传》：“高祖为沛公也，参以中涓从。”孔璋：陈琳字，陈琳曾为袁绍草檄。仲宣：王粲字，王粲博闻多识，深为曹氏父子所礼。

⑦ 震泽：在太湖附近。由拳：今松江一带。秦帝：张良刺秦事；楚王：伍子胥复仇事。此句指未完成复仇之业。

⑧ 文范：文种和范蠡。策权：孙权和孙策。龙衣：代指皇帝。鱼服：代指军队。

⑨ 吴明彻：陈朝名将，屡立战功，后为北周王轨所俘，忧愤而卒。秦武阳：燕国武士，曾与荆轲一同刺杀秦始皇。

⑩ 要离：吴国刺客，曾刺杀庆忌。龚胜：为汉高士，王莽执政后曾礼聘龚胜，不

就，卒绝食而死，有老父来吊，哭之曰："嗟乎！薰以香自烧，膏以明自销。龚生竟夭天年，非吾徒也。"高渐离：战国末燕人，善击筑，曾在秦灭六国后刺杀秦始皇。徐夫人：荆轲刺秦时所用匕首名。以上六句比喻抗清活动最终失败。

⑪ 五马：用晋室南渡典。六龙：《左传·僖公二十九年》："夏六月，会王人、晋人、宋人、齐人、陈人、蔡人、秦人，盟于翟泉。"

⑫ 姬：周人之祖姓。芈：楚人之祖姓。苏燕：陈涉起义时诈自称为扶苏、项燕。

⑬ 王裒：《晋书·王裒传》："读《诗》至'哀哀父母，生我劬劳'，未尝不三复流涕，门人受业者并废《蓼莪》之篇。"夏馥：《后汉书·党锢列传》："馥虽不交时宦，然以声名为中官所惮，遂与范滂、张俭等俱被诬陷……乃自剪须变形，入林虑山中，隐匿姓名，为治家佣。亲突烟炭，形貌毁瘁，积二三年，人无知者。"介子推：晋文公臣，文公回国后，其与母亲在绵山中隐居。鲁仲连：战国时齐人，善于谋略，立功于田氏，田氏欲爵之，仲连逃隐于海上。此四句言自己未能尽忠尽孝，故不能隐姓埋名躲藏起来。

⑭ 管宁皂帽：管宁隐居乡里时常着皂帽。箕子朝鲜：箕子被周武王封于朝鲜。营门之柳：指周亚夫曾驻军在细柳以备胡人。幕府之莲：《南史·庾杲之传》："安陆侯萧缅与俭书曰：'盛府元僚，实难其选。庾景行泛渌水，依芙蓉，何其丽也。'时人以入俭府为莲花池，故缅书美之。"

呜呼！余生于烈皇之年，长于圣安之世，佐威虏以于征，从长兴而再起①。追怀故君，何臧何否？言念相臣，何功何罪。或旰食而宵衣，或坠簪而遗珥；或麦饭以自尝，或肉糜之堪耻②。推本先朝，追原祸始。神祖之垂拱不朝，熹庙之委裘而理。罪莫甚于赵高，害莫深夫褒姒③！惟屈甆下之狱，舆朱浮之赐死④，虽大臣之无刑，非圣人之得已。至于五世伦宗，三朝旧事，指触瑟为良规，斥采芝为佞轨⑤。使腥秽之北风，陷泥涂于南纪。殷深源之方略空空，王夷甫之风流尔尔⑥。若乃威虏偏裨，长兴文吏，原非将帅之才，未有公侯之器。兴怀鸿鹄之形，颇见龙蛇之志。日日胡床之卧，夜夜钧天之醉⑦。既一战之未申，沦九死而靡悔。黄土一抔，丹青万祺⑧！

① 烈皇:指崇祯谥号孝烈皇帝。圣安之世:弘光帝尊号圣安皇帝。威虏:吴志葵被追封为威虏伯。长兴:鲁王封吴易为长兴伯。

② 旰食宵衣:形容勤于政务。

③ 神祖:明神宗多年不朝。熹庙:明熹宗将政事委任魏忠贤。赵高,比喻魏忠贤。褒姒:比喻郑贵妃、客氏等。

④ 屈氂:刘屈氂暗中勾结贰师将军李广利,准备立昌邑王为太子,阴谋败露后被腰斩。朱浮:朱浮因人无端告发而被汉明帝赐死。

⑤《汉书·金日磾传》:"何罗袖白刃从东箱上,见日磾,色变,走趋卧内欲入,行触宝瑟,僵。日磾得抱何罗,因传曰'莽何罗反!'"比喻奸人败露。此四句言明帝是非不分。

⑥ 殷深源:即殷浩,晋中军将军,善于清谈却缺乏才略,导致北伐失利。王夷甫:即王衍,善玄言,崇尚虚浮,兵败后被石勒杀害。此处指阮大铖、马士英之流缺乏才干。

⑦ 钧天:代指仙乐。

⑧ 禩:同"祀",殷代人指年,十有三祀。

余草木门庭,旂常家世。家淑人黄鹄之悲,先文忠白虹之气①。非无德曜之妻,尚有文姬之姊。衣冠连于杜曲,姓氏通夫槐里②。寄食无乡,望尘有地。范丹之甑长寒,下彬之虱未弃③。达士穷途之悲,壮夫歧路之泪。载念簪缨,言怀邦国,恨欲言而声已吞,愁将诉而泪沾臆。何必雍门之琴,无假武陵之笛④。日月如驰,亲朋不识。独剑空囊,三江浪迹。人容鼓吏⑤之狂,世笑愚公之癖。混缁羽之高贤,结屠箫之豪客。三桑生再浴之期,一饭有千金之值⑥。望旧乡而云影苍苍,吊故垒而风声恻恻。蒋诩之径不开,王猷之舟时出⑦。秋水迢遥,寒林萧瑟。野兽暮号,群鸦晚集。鹤唳霜惊,鸥眠月直。过耳伤神,仰天太息。山气兮江光,春阳兮秋色。嫖姚空旧筑之坛,郎将有先陪之戟⑧,蛟龙非遇雨之期,鲲鹏无御风之力。韩王孙之城下,知己谁人?宋如意之堂前,伤心何极⑨!下江但见

夫绿林，圯桥未逢夫黄石[10]。此孤臣所以辍食而拊心，枕戈而于邑者也！

① 旂常：旂画交龙，常画日月，是王侯的旗帜。指自己家声显赫。家淑人：明三品官母妻封淑人。黄鹄：刘向《列女传·鲁寡陶婴》载陶婴少寡，立志不再嫁，作其歌曰："悲黄鹄之早寡兮，七年不双，宛颈独宿兮，不与众同。"文忠：夏完淳父夏允彝谥号文忠。

② 德曜：孟光字。文姬：蔡琰字。杜曲：在长安城南，大姓韦、杜郡望所在。槐里：古县名，治所在今陕西兴平东南，东汉为右扶风。此句言家世不凡。

③ 范丹：马融弟子，遭党锢之祸后，遁逃于梁沛之间，生活贫困，当时人称"甑中生尘范史云"。卞彬：南朝梁人，放浪形骸，曾作《蚤虱赋序》。

④ 雍门之琴：刘向《说苑》载，雍门子周以善琴见孟尝君，弹奏一曲后，孟尝君悲泣曰："先生之鼓琴，令文立若破国亡邑之人也。"形容悲伤之乐。武陵之笛：马援南征时，有门生善吹笛，援作歌以和之，歌曰："滔滔武溪一何深！鸟飞不度，兽不敢临。嗟哉武溪多毒淫！"

⑤ 鼓吏：用祢衡击鼓之典。

⑥ 三桑：比喻众辅臣。一饭：《史记·淮阴侯列传》："信钓于城下，诸母漂，有一母见信饥，饭信……信至国，如所从食漂母，赐千金。"

⑦ 蒋诩：《三辅决录》："蒋诩字元卿，舍中竹下开三径，惟求仲、羊仲从之游。"王猷：即王徽之，此用其乘船雪夜访戴之典。

⑧ 嫖姚：指霍去病。郎将：指皇帝的侍从。

⑨ 韩王孙：用漂母饭信之典。宋如意：《淮南子·泰族训》："荆轲西刺秦王，高渐离、宋意为击筑，而歌于易水之上。"《水经·易水》作"宋如意"。

⑩ 下江：《汉书·王莽传》："是时，南郡张霸、江夏羊牧、王匡等起云杜绿林，号曰下江兵，众皆万余人。"此处代指反清军队。圯桥：张良在圯桥得遇黄石公传授兵法。

作者简介

夏完淳(1631—1647)，别名复，字存古。明末诗人，抗清志士，松江府华亭县(今上海市松江区)人。完淳自幼聪慧，工诗赋，十四岁参与抗清，时鲁王监国，遥授为中书舍人，十七岁被捕，在南京就义。作品先后编为

《玉樊堂集》《内史集》《南冠草集》《续幸存录》等。清乾隆五十五年(1790),吴省兰合编为《夏内史集》,颇有遗漏。嘉庆十二年(1807),王昶、庄师洛编刻为较完整的《夏节愍全集》。

题　解

据白坚《夏完淳集校笺》考证,此赋作于隆武二年(1646)秋。此时弘光朝廷已经覆灭,江南地区的多次反清起义均遭镇压,完淳父允彝亦自沉殉国,这篇作品可谓沉痛泣血之作。此赋有两条线索,一为感叹国事,二为悲慨身世。赋中直言明室之弊:万历不理朝政、天启委信阉寺、崇祯刻忌寡恩、弘光荒淫恣睢,更兼朝臣无能、方镇骄横,终致百姓揭竿而起,夷狄乘隙入侵。夏氏本名家子,值此大变,毁家纾难,志在匡复,却屡屡受挫,因而在回忆自己抗清的经历时不免悲愤交集。然完淳系一心性坚毅之人,虽困顿流离,仍不改其志,“既有志于免胄,岂无心于丧元”“此孤臣所以辍食而拊心,枕戈而于邑者也”等语句正是这种心情的剖白。夏氏早年多有模拟六朝之作,此篇亦仿庾子山《哀江南赋》,字句之间,多有相仿,实可谓借拟古以咏怀。虽笔力略逊于兰成,而后世论者往往以气节多之。

集　评

存古,南阳知二,江夏无双。束发从军,死为毅魄。其《大哀》一赋,足敌兰成。昔终童未闻善赋,汪踦不见能文,方之古人,殆难其匹。(清朱彝尊《明诗综》卷七十八)

今读其《大哀》一赋,淋漓呜咽,洋洋至万余言,犹似未尽。《麦秀》、《采薇》之短,《采薇》之长,固皆与风、雅同流,春秋一贯,为一代之大文,谁谓古今人不相及耶?(清屈大均《翁山文外》卷二)

他的儿子完淳,生丁亡国之痛,作《大哀赋》。天才横溢,哀艳惊人。似较庾子山的《哀江南赋》尤加沉痛。(郑振铎《插图本中国文学史》)

·江南相关知识·

夏氏父子墓

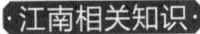

夏允彝、夏完淳父子墓位于今上海市松江区小昆山镇荡湾村北。墓地呈半月形，高约2米，面宽约30米，占地二亩余。陈毅于1961年亲笔题写“夏允彝、夏完淳父子之墓”。夏完淳于1647年9月在南京就义后，遗体由友人运至荡湾，葬于其父之侧。1956年，夏氏父子墓被当时的江苏省列为省级文物保护单位。1958年，当时的松江县划归上海市后被列为市级文物保护单位。

金山赋

盛　恩

润有金山公子与焦山处士，相遇于大江之东[①]。公子嬉嬉然有哈色，诩诩然有夸容，迺语诸处士曰：润自古昔，郡名朱方。控引全吴，凌蹑大江。金焦并峙，东西相望。脍炙多口，震荡遐荒。若有奚异，与台并飏？请各撰孅[②]，用质低昂。夫金山者，据京口之上游，界南北之中央。屹横流之砥柱，亘帝都之巨防。雄跨肇于太一，嘉名锡于李唐。星纪牵牛，荧荧煜煜而垂耀焉；势迎长江，滮滮溉溉而会交焉。

其东则吞吐溟渤，枕倚扶桑。玉山为肱，尔质我相。云山作股，曲阜连冈。石堰俨户枢之阖辟，正屏罗物色之弛张。尔焦峰以列障，彼北固以为隅[③]。含溪怀谷而献巧，涴沙抱石而呈奇。咸俯躬而下首，可使气而指颐。和风浩荡拂其隈，初月滉瀁射其阿。延旸谷之朝旭，道尾闾之夕波。……[④]于是乎琼桃蚤实，琪草先华，奇葩眩锦，杂卉流霞。葛覃莫莫而蔓衍，灌木萋萋而交加。丽黄[⑤]求友于荟蔚之岑，玄鸟掠云于濡瀑之涯。

其西则遐瞩岷峨，邈挹荆楚。汇以浔阳，阻以瓜步⑥。金陵道其脉，五州袒其肩。下鼻漱其液，江流突其巅。龙潭峙而崄巇，直州衍而平原。江流汤汤，直泻万里。怒涛雷奔，惊湍电起。大火坠于虞渊，夕晖沦于濛汜⑦。于是乎秋声淅沥，白露载零。井梧凋翠，崖菊敷英。雁阵惊寒于远浦，芙蓉倒景于沧溟。木兰梫桂，棕枒杞橚⑧。爰有擢修干，载竦长条。鹏鹗高骞乎云汉，猿狖长啸乎林皋。

其南则百粤所届，四闽所通。两浙纾其臂，三吴荡其胸。长揖会稽于遴域，俯纠叠阜于迩封。抟鹏星翥⑨，警鹤云翱。菊峰挺秀，岘岭岧峣。宝盖亭亭乎芊部，磨开翼翼乎清标。漕渠刁坎，津驿通衢。舳舻鳞次，冠盖尘驱。客子肩挥而竞渡，舟人楫诟以争舣。于是乎薰风荐爽，水殿生凉。嘉木繁阴，郁郁苍苍。虎兕风于冰雪之窝，蛟龙沃于回澜之房。芰荷扬赪，葵榴炽艳。岸帻凛而增寒，絺绤⑩纱而忘燠。

其北则燕冀在望，齐鲁指掌。徐泗孔迩，淮扬接壤。黄河纡带而横奔，吕梁巇蘖而流响。挹具区之大薮，郁蓋菖之无底。爰自泰而徂通，衍监田之千里。扬子之梁通其亢，太一之峰委其体⑪。穹然秋虹之丽空，邈尔蚁封之突起。瓜渚作镇，天堑要津。罴罴烨烨，实我比邻。于是乎朔风凄凄，玄云漠漠。雨雪霏霏，石出水落。绮阁重闱，煖歌燠酌。雪藕冰桃，互为酬酢。郁郁盘徂来之松，猗猗撼昆仑之竹。瘫鹤啄寒濑之冰，梅花露先天之易。娱尔岁时，瞻望北极。

尔其体势，则鸟道陟其巅，龙宫守其基⑫。沧浪流而为隍⑬，两岸廓而为隅。飓风无纤埃之集，潦雨尠微津之淤。伏牛仿佛，浮玉依稀。获苻互父，名与世移。尔其胜概，则金鳌中屹，妙高插空。善财头陀[14]，怪石巃嵸。崆峣巀嵲，石簰之山[15]，塘虷岞峉，裴公之岩[16]。璞坟濆薄而隐迹，中冷涌湑而寒泉[17]。尔其梵宇，则大雄西敞，辉煌金碧。天王伽蓝，前驱后翼[18]。江天乘听潮之轩，海岳载毗卢之宅[19]。雄跨玉鉴，天彻悟心。三禁永安，养素涵清。雪月无边，烟雨化成。留云北偃，吞海西凭。廊腰纡折而蜿蜒，檐牙高啄而峥嵘。

若乃日霁天晴，风和云敛。珠履寻芳，士女游衍。挈榼提壶，登高望远。镂壁镌崖，剥苔涴藓。估客舣八方之舟，三老忽龙门之险。橹声伊轧于中流，渔唱悠扬于清浅。揭寰宇之奇观，余耽乐而忘倦。若乃阴风号，怒浪起，蜃拥波，龙撼雨，闇若天昏，蹴若地圮。神蛟鼓鬣而嗔怒，江豚延颈而忭舞。舟子狂呼，倾樯毁橹。余亦悄然而悲，肃然而怖。若乃贵介公子，墨客骚人，探奇览胜，辉映古今。感真宗之梦寐，动文帝之哦吟[20]。英庙巽申而晋锡，武皇驻跸而来临[21]。宋学士之解带，唐宰相之命轮[22]。金玉充栋，珠贝盈垣。欧、苏沂其流，孙、张启其端。焕尔词林，烂然文苑，托兹山而并久，终万古而弗谖。若乃明神降灵，高僧接迹，裴陀能构，佛印善葺。菑畬荐千顷之租，水陆赉万方之福。岂若野人之蹴躤，窭子之龌龊。公子辞毕，洟澌欠伸，切齿怒目，奋臂攘襟。谅处士之见屈，敢怙势而凌人。

* 此为节选。据《历代辞赋总汇·明代卷》，马积高编，长沙：湖南文艺出版社，2014 年。

① 润：即润州，今江苏镇江。金山、焦山为镇江两座山，前者小巧而佛寺众多，后者高大而树木葱翠。

② 嬍(měi)：女子容貌美丽，代指美文。

③ 玉山、云山、焦山、北固山：均为镇江之山。

④《历代辞赋总汇》所录文中，此处有“尔其宫室”至“黄鹄青晨”一段。因其所描写宫殿均在焦山，据《金山志》应属《焦山赋》，今删去。

⑤ 丽黄：即黄鹂鸟。

⑥ 浔阳：浔阳江即长江在九江的一段，长江经镇江而入海，故称汇。瓜步：瓜埠山。

⑦ 虞渊、濛汜：均为中国古代神话传说中日没处；“大火”即比喻太阳。

⑧ 枒(yā)：树木的枝杈。橚(xiāo)：古书上说的一种大树。

⑨ 翥(zhù)：向上飞翔。

⑩ 絺(chī)绤(xì)：葛布的统称。葛之细者曰絺，粗者曰绤。

⑪ 扬子：长江从南京以下至入海口的下游河段旧称扬子江。梁：桥梁。

⑫ 传说中冷泉下接龙宫，欧阳修《题金山寺》有“地接龙宫涨浪赊”。

⑬ 隍：没有水的城壕。

⑭ 头陀：泛指行脚乞食的僧人，此处指法海。

⑮ 石簰山：金山之西有石簰山，亦名盘陀石、云根岛，怪石嶙峋，江水至此，因石簰山之阻分为三泠，即下文所谓“中冷”。

⑯ 裴公：唐代高僧，人称裴头陀，民间传说为法海，即上文“头陀”、下文“裴陀”均指此人；金山寺上有法海洞，原名裴公洞。

⑰ 此句指天下第一泉、即中冷泉，位于金山之西。唐时泉尚在江中，江水受云根岛阻挡，分为三泠(水曲为泠)，而泉在中泠之下，故又名中泠泉。

⑱ 指大雄宝殿、大雄宝殿前的天王殿和大雄宝殿后的观音阁。

⑲ 指江天一览亭和文宗阁。

⑳ 宋真宗曾梦游金山，赐名金山寺为龙游寺。

㉑ 英皇：明英宗。武皇：明武宗，正德十五年(1520 年)曾南巡游镇江、登金山。

㉒ 宋学士：指欧阳修、苏轼等，欧阳修有《题金山寺》，苏轼有《游金山寺》《题金山寺》等。唐宰相：传说法海之父为唐代宰相裴休。

作者简介

盛恩，为明正德以后之人，其余生平不详。

题　解

盛恩了解镇江之山水与历史，共作《金山赋》《焦山赋》《北固山赋》这三篇互相关联之赋。其中《金山赋》与《焦山赋》继承了汉代赋虚构人物对话的传统，虚构了金山公子与焦山处士二人的争论。此段，金山公子先言金山地理位置在江南地区之核心与重要，书写金山东西南北四方位和晴天、雨天两种情况下的风光，并将金山寺悠久的历史文化、宗教文化、文学创作历史融入其中。

·江南相关知识·

甘露寺

《三国演义》第五十四回中有“甘露寺招亲”之故事。刘备借荆州后，鲁肃去索还，刘备并无归还之意，只是承诺“取了西川便还”。不久后刘备丧妻，周瑜因此教鲁肃设“美人计”：孙权之妹为孙尚香，周瑜遣人去荆州为媒，说服刘备来入赘。骗来之后幽囚在狱中，却使人去讨荆州换刘备。等他交割了荆州城池，别有主意企图。

这被诸葛亮所识破，因此将计就计，使赵云陪刘备过江到镇江北固山甘露寺招亲，并授以三条锦囊妙计。其一是刘备拜访二乔之父乔国老，说娶夫人之事。其二是随行五百军士，于城中传说玄德入赘东吴，使得人尽皆知。在乔国老的劝说下，孙权之母吴国太吩咐孙权于甘露寺设宴，以相刘备。一见刘备“方面大耳，猿臂过膝”，甚合心意，大为喜悦，故允许将女儿孙尚香嫁给刘备。

望江南花赋

张惠言

庭有小草，宵聂昼炕①。茎不盈尺，黄花五出②。四柎交蓓，僢而同氐③。荣必其偶，纵午相代④。开秋发芳，风严霜頳，而彼寸柯，方蕤厥章⑤。客有言其名者，是曰“望江南之花”。既感其道，爰⑥为赋焉。

何小草之珍玮⑦，感兹名之见奇。其纤支附柯，简节薄叶之蘼生也⑧，翳弱草，萦芜垂。根萌谌荏，枝条倚靡⑨。游尘离焉，颓飙吹焉⑩。于是晚春早夏，百卉茂止。纡丹睆其左，错紫睥其右⑪。戓费晕散，饶部澜漫于其侧⑫。拂兮其不逮时也；委委猗猗⑬，诚未足以命知其异也；抽兮首兮，擺乎其不为之友也⑭。

尔其覼朝阳而布叶，矫夕仪而敛阴⑮。托秋霜而表荣，倚曾墀⑯而效心。华不饰悦，香不越林。群不比标，偏不戾参⑰。独专专兮沈沈⑱，体志安隐，醰醰⑲深深。凄凄兮秋风，飘飖兮吹我襟。初服兮敢化，恐冉弱兮弗任⑳。谅君子之不佩，怅永望兮江南。

* 选自《茗柯文编》卷五，清张惠言著、黄立新校点，上海：上海古籍出版社，1984年。

① 聂：合拢。炕：张开。

② 五出：指花有五个花瓣。

③ 僢：相背。氐：根本。花蕾相背而生，但同出一根。

④ 荣：一种草。午，纵横相交。此句为花枝摆动时必然成双，纵横相交。

⑤ 言花色鲜艳，富于文采。

⑥ 爰：于是。

⑦ 玮：美好。

⑧《说文》："蘼，草木附丽地而生也。"纤细的枝叶顺着地面生长。

⑨ 谌：实在。荏，软弱。倚靡：即猗靡，随风摇动的样子。

⑩ 离：同丽，附着。颓飙：暴风。

⑪ 此句为互文，意为望江南花周围众花簇拥，姹紫嫣红一片。

⑫ 戓费：依稀。左思《吴都赋》："简其华质，则戓费锦缋。"吕延济注："戓费，犹依稀也。"晕散：飞散。枚乘《梁王菟园赋》："腾踊云乱，枝叶晕散。"澜漫：杂乱貌。此句言望江南花周围一片烂漫之景。

⑬ 委猗：顺随貌。

⑭ 抽：抽芽。首：露出苗。擺：折断。

⑮ 覼：向着，迎着。矫：对着。夕仪：夜色。

⑯ 曾墀:层叠的台阶。

⑰ 合群而不偏不倚,不露才扬己。

⑱ 专专:用心专一。《九辩》:"计专专之不可化兮,愿遂推而为臧。"沈:同"沉",深沉。

⑲ 醰:深厚。王褒《洞箫赋》:"良醰醰而有味。"

⑳ 初服:没有做官时所穿的服装。屈原《离骚》:"进不入以离尤兮,退将复修吾初服。"冉弱:柔弱。

作者简介

张惠言(1761—1802),字皋文,号茗柯,江苏武进人。嘉庆四年(1799)进士。改庶吉士,授编修,是清代著名的经学家、辞赋家、词家。惠言深于易学,与惠栋、焦循一同被后世称为"乾嘉易学三大家";亦精通词、赋,曾与张琦合编《词选》,影响深远,是常州词派的奠基人,著有《茗柯文编》。

题 解

此赋作于张惠言旅居北京参加会试之时。既体物,亦言志。赋序先叙望江南花的样态习性,再极写其柔弱朴素,与周围鲜艳烂漫的群芳形成鲜明的对照,有孤寂之感和不遇之悲,但亦有自傲在其中。最后写花的品格,高洁且淡然、刚正却温和,用心专一,思虑深沉。通篇描写望江南花,盖自比也。结尾点到"望江南"之名,也有怀乡思归之情蕴含其中。全赋用寄托之法,意内言外,比喻精切,抒情含蓄,可以说是作者复杂精神世界的传神写照。

集 评

惠言取变化于庄子,取色泽于骚赋,而体段则学韩退之,其为文也瑰丽而矜……惠言泽古言者深,又患模拟……差幸智过其师,自出机杼,故不以模拟为嫌。(钱基博《中国文学史》)

何小草之珍玮⑦,感兹名之见奇。其纤支附柯,简节薄叶之麓生也⑧,翳弱草,萦芜垂。根萌谌荏,枝条倚靡⑨。游尘离焉,颓飙吹焉⑩。于是晚春早夏,百卉茂止。纡丹睆其左,错紫暐其右⑪。皾费羣散,饶部澜漫于其侧⑫。拂兮其不逮时也;委委猗猗⑬,诚未足以命知其异也;抽兮首兮,攦乎其不为之友也⑭。

尔其覼朝阳而布叶,矫夕仪而敛阴⑮。托秋霜而表荣,倚曾墀⑯而效心。华不饰悦,香不越林。群不比标,偏不戾参⑰。独专专兮沈沈⑱,体志安隐,醰醰⑲深深。凄凄兮秋风,飘飖兮吹我襟。初服兮敢化,恐冉弱兮弗任⑳。谅君子之不佩,怅永望兮江南。

* 选自《茗柯文编》卷五,清张惠言著、黄立新校点,上海:上海古籍出版社,1984 年。

① 聂:合拢。炕:张开。

② 五出:指花有五个花瓣。

③ 僢:相背。氐:根本。花蕾相背而生,但同出一根。

④ 荣:一种草。午,纵横相交。此句为花枝摆动时必然成双,纵横相交。

⑤ 言花色鲜艳,富于文采。

⑥ 爰:于是。

⑦ 玮:美好。

⑧《说文》:"麓,草木附丽地而生也。"纤细的枝叶顺着地面生长。

⑨ 谌:实在。荏,软弱。倚靡:即猗靡,随风摇动的样子。

⑩ 离:同丽,附着。颓飙:暴风。

⑪ 此句为互文,意为望江南花周围众花簇拥,姹紫嫣红一片。

⑫ 皾费:依稀。左思《吴都赋》:"简其华质,则皾费锦缋。"吕延济注:"皾费,犹依稀也。"羣散:飞散。枚乘《梁王菟园赋》:"腾踊云乱,枝叶羣散。"澜漫:杂乱貌。此句言望江南花周围一片烂漫之景。

⑬ 委猗:顺随貌。

⑭ 抽:抽芽。首:露出苗。攦:折断。

⑮ 覼:向着,迎着。矫:对着。夕仪:夜色。

⑯ 曾墀:层叠的台阶。

⑰ 合群而不偏不倚,不露才扬己。

⑱ 专专:用心专一。《九辩》:"计专专之不可化兮,愿遂推而为臧。"沈:同"沉",深沉。

⑲ 醰:深厚。王褒《洞箫赋》:"良醰醰而有味。"

⑳ 初服:没有做官时所穿的服装。屈原《离骚》:"进不入以离尤兮,退将复修吾初服。"冉弱:柔弱。

作者简介

张惠言(1761—1802),字皋文,号茗柯,江苏武进人。嘉庆四年(1799)进士。改庶吉士,授编修,是清代著名的经学家、辞赋家、词家。惠言深于易学,与惠栋、焦循一同被后世称为"乾嘉易学三大家";亦精通词、赋,曾与张琦合编《词选》,影响深远,是常州词派的奠基人,著有《茗柯文编》。

题　解

此赋作于张惠言旅居北京参加会试之时。既体物,亦言志。赋序先叙望江南花的样态习性,再极写其柔弱朴素,与周围鲜艳烂漫的群芳形成鲜明的对照,有孤寂之感和不遇之悲,但亦有自傲在其中。最后写花的品格,高洁且淡然、刚正却温和,用心专一,思虑深沉。通篇描写望江南花,盖自比也。结尾点到"望江南"之名,也有怀乡思归之情蕴含其中。全赋用寄托之法,意内言外,比喻精切,抒情含蓄,可以说是作者复杂精神世界的传神写照。

集　评

惠言取变化于庄子,取色泽于骚赋,而体段则学韩退之,其为文也瑰丽而矜……惠言泽古言者深,又患模拟……差幸智过其师,自出机杼,故不以模拟为嫌。(钱基博《中国文学史》)

他并不像某些平庸的作家那样多发牢骚，而是以"华不饰悦"等数句从正面去表现他那种不媚俗、不傲世的沉静的思想风格……故其体制虽似六朝小赋，然清新秀丽有所不及；而托意的幽深、构思的精微，则稍过之。（马积高《赋史》）

张惠言在辞赋中以花之名为"望江南"而借题发挥，寄寓思归之意；复以春夏不花而有一丝孤独寂寞之感，在文章的末了，他才以"望江南花""华不饰悦，香不越林。群不比标，偏不戾参"的自然特性来托意，用以实现物、我之间的两相契合，进而表达自己"独专专兮沈沈，体志安隐，醰醰深深。凄凄兮秋风，飘飖兮吹我襟。初服兮敢化，恐冉弱兮弗任"这般绝不媚俗的傲世情怀。这种艺术境界也就与张惠言《词选序》中所讲的词学理论"恻隐盱愉，感物而发，触类条鬯，各有所归"如出一辙。（杨旭辉《清代骈文史》）

·江南相关知识·

望江南花

望江南花主要分布于我国东南部、南部及西南部各省区，生于河边滩地、旷野或丘陵的灌木林或疏林中。茎枝圆柱形，有分枝，叶双生，呈羽毛状，中脉白色，在叶背上微凸起，侧脉羽状排列；叶易脆碎，花小，一般为黄色。豆荚长条形。略具草青气，味淡。望江南花还具有一定的药用价值，具有清热解毒之功效。